La hipocresía de las estatuas
y otros relatos perturbadores

La hipocresía de las estatuas

y otros relatos perturbadores

Juan Serrano Cazorla

JSC Editor

1ª Edición: enero de 2016
ISBN: 978-84-608-5314-5
Impreso por Createspace

Índice

A mi madre y mi hermano.

La hipocresía de las estatuas

Todos somos purificados, en algún momento de esta vida de hipocresías, por el poder blanco y sutil del escarmiento. El que desplegó sobre mí sus artes arcanas no fue, ni mucho menos, ordinario, pues quebrantó las leyes de la realidad y logró confundirme mediante sus espejismos verosímiles. El impacto que recibí, potente y certero como un rayo, desmoronó mi vanidad y me convirtió en lo que soy hoy en día: un honrado y ejemplar padre de familia.

Mi conversión se la debo a la moradora de la finca más fastuosa del distrito en el que yo vivía por entonces. Se trataba de una finca que, debido a su elevado precio, había permanecido vacía durante mucho tiempo. Pero, un buen día, aquella lujosa mansión fue ocupada por una hermosa y enigmática mujer a la que, por razones inextricables, jamás se vio en público. Aquella inmaculada mujer cuyo recuerdo me perseguirá a lo largo de toda mi vida se anunciaba en la sección de contactos de varios periódicos. En estos anuncios se presentaba como una mujer joven, hermosa, soltera y adinerada que deseaba conocer a hombres íntegros que creyeran en la unión indisoluble del matrimonio y desearan formar una familia; a todos estos hombres los instaba a hacerle una primera visita de cortesía.

Como suele ocurrir con la mayoría de personajes extravagantes, desde que se publicaron los primeros anuncios y aparecieron los primeros rumores sobre la existencia de la nueva propietaria de la finca, se fue elaborando en torno a ella un estrambótico y controvertido relato: a pesar de que la gente recelaba de la magnificencia física que esta misteriosa mujer se había atribuido, los testimonios de los hombres que la habían visitado (pues no aceptaba las visitas de personas de su mismo sexo) la constataban como mujer real y tangible, mujer de tez nívea, de facciones simétricas y afiladas, mujer de lechosa belleza. Al parecer, según los testimonios de aquellos hombres que, por lo visto, se consideraban personas íntegras y formales, la solicitada mujer tenía, en uno de los inmensos salones de su mansión, una copiosa colección de hombres petrificados —estatuas varoniles es el sintagma más apropiado—; una colección que cada varón aspirante a provocar el amor o el deseo sexual en aquella hembra joven, hermosa y solitaria consideraba más amplia, en un número, que el inmediatamente anterior (por lo visto, en presencia de sus pretendientes, ella siempre hacía referencia al número exacto de estatuas que tenía). Y el caso es que todos y cada uno de los hombres que acudían a la mansión salían de ésta con el gesto de la cara circunspecto, los hombros caídos, la mirada extraviada, como si hubiesen perdido el alma en una sucesión de extenuantes fornicaciones, como si el lechoso cuerpo de aquella mujer les hubiese sustraído la vitalidad. Incluso algunos de sus allegados habían llegado a asegurar que, después de aquella visita, ya no eran los mismos. Pero aquellos hombres no habían desfogado su pasión sobre las carnes de la propietaria de la mansión. Aquellos hombres vanidosos (el hombre es vanidoso por naturaleza) habían salido de la mansión con las manos vacías. Eso, al menos, era lo que creía la gente (también yo por entonces). Sin embargo, nunca sus manos habían estado tan llenas.

Tantas eran, en fin, las promesas de belleza que albergaba aquella finca presidida por dos columnas de mármol, tanta era la curiosidad que en mí despertaba el femenino misterio, que, un buen día, me planteé la posibilidad de engrandecer, con una incursión a aquella madriguera a las que las mujeres no tenían acceso, la fama de galán irresistible que me habían adjudicado mis conocidos (esos buitres disciplinados que me utilizaban como reclamo en las discotecas y que, después de sobrevolar el círculo que delimitaba mis conquistas, se lanzaban en picado a rapiñar las sobras). Me lo tomé, pues, como un reto personal: el desapego de una mujer bella y la gran acumulación de derrotas masculinas eran factores que constituían para mí un acicate y que, por tanto, en lugar de arredrarme, me envalentonaban. Así que, antes de pasar a la acción, seleccioné a uno de mis amigos –al más elocuente e impresionable– para que se encargara de divulgar mi hazaña (tan seguro estaba de mi victoria sobre aquella mujer hospitalaria pero suspicaz y displicente) y de hiperbolizar la magnitud de mi conquista. Y es que por aquellos tiempos yo pensaba que, después de haber erosionado los muslos de una mujer, no había mayor placer que el de la divulgación. Mi elección recayó sobre el bueno de Ernesto, amigo íntimo de la infancia. Recuerdo nuestra conversación en el Café Sevillano como si la hubiéramos mantenido ayer:

—¿Y si es verdad y está tan buena como dicen? Vamos, digo yo que no tengo nada que perder.

—Pero, tío, si no se le ha visto nunca el pelo… Lo único que tenemos son unos anuncios en algunos periódicos. Seguro que se trata de una vieja convaleciente que necesita compañía.

—No es eso lo que se dice por ahí.

—Tú hazme caso.

—Pero, macho, piensa un poco. ¿Qué provecho iban a sacar los hombres que la han visitado de semejante historia?

—Pues dinero. La vieja se sentirá sola y habrá montado ese rollo de las estatuas y de la tía buena para que no dejen de visitarla. Después les unta la mano a los que lo hacen para que lo vayan divulgando y ya está. Es de cajón.

—No creo, tío. Eso es demasiado peliculero. Mira, tiene que tratarse de una mujer joven, madurita, como mucho, porque las viejas convalecientes, como tú dices, necesitan, y muy especialmente las que tienen pasta, de un séquito de criados que vaya detrás limpiándoles la mierda. ¿Y has visto tú acaso tanto movimiento alrededor de la casa? ¿A que no? Pues ya está —argumenté—. Pero vamos, podemos apostar. Qué te juegas a que, si está de buen ver, me la paso por la piedra en menos de una semana. A tu hermana, por ejemplo. Mira, si pierdo, te lío a la morena aquella de las tetas perfectas; tú tranquilo, es una cachonda. Ahora bien, si gano, me apañas una cita con tu hermana. ¿Qué te parece?

—¡Serás cerdo! ¡Olvídate de mi hermana de una puñetera vez, ¿vale?!

—Era una broma, macho. ¡Cómo te pones por nada!

—¡Ni bromas ni hostias, joder! Me importa un carajo que vayas de crack con las tías y que, encima, ellas se dejen chulear. Allá con tu conciencia. Pero a mi hermana quítatela de la cabeza, ¿entendido? ¡Es que eres la hostia, coño; ahora te ha dado por las jovencitas! Una cosa te digo: no me importaría que los rumores fueran ciertos y que te dieran una buena lección en esa mansión. Así se te bajarían un poco los humos.

—Para, para, no me vengas ahora con pamplinas. Mira, desengáñate, las tías solo sirven para follárselas y para sacarles la pasta; eso si la tienen, claro. Y la de la mansión, como esté potente, terminará comiendo de mi mano. No ha nacido aún la mujer que se me resista. ¿Cuántas veces os lo he demostrado a todos, eh?

—La verdad, no sé cómo sigo siendo tu amigo. Eres incorregible —me reprendió Ernesto—. Vamos a ver, suponiendo que se trate de una mujer joven, atractiva y todo lo demás, qué vas a hacer, entrar allí como Pedro por su casa y decirle, eso sí, muy educadamente: «Señora, ¿le importaría tumbarse en el sofá, bajarse las bragas y abrirse de piernas hasta que le crujan los huesos?». ¡No me jodas, tío!

—Me encanta tu sarcasmo. Pero ya conoces mi estrategia: un ramo de flores, una conversación íntima, una buena dosis de cursilería, una mano en el pelo, una caricia en la mejilla… Es muy fácil.

—Ya, ya, será que no te he visto en acción, sinvergüenza. Pero me parece que, en esta ocasión, te va a salir el tiro por la culata. A no ser que no te importe tirarte a una yaya…

Quedé con Ernesto al día siguiente, a las puertas del Café Sevillano, para que me llevara en su coche hasta la finca y, de este modo, fuera testigo de mi presuntuosa entrada (un ceñido traje azul marino dibujaba los atléticos contornos de mi cuerpo; mi mano derecha sostenía con delicadeza un ramillete de rosas rubias que era el regalo que yo pensaba entregarle a mi víctima para agradecerle su hospitalidad). Cuando llegamos a la mansión, piqué al timbre y, para mi sorpresa, contestó por el interfono una voz de hombre, ruda pero servicial:

—Residencia de la señorita Aurora Montesinos, ¿qué desea?

Respondí con contundencia:

—Buenos días. Me llamo Sergio Ortiz. Traigo un obsequio para la señorita.

—Adelante. A la señorita le encantan los obsequios.

Las verjas —cardumen de lanzas afiladas— se abrieron automáticamente, emitiendo un murmullo subacuático.

El guiño maquiavélico de mi ojo derecho (no sabía ni sé guiñar el izquierdo), mis andares refinados y la sonrisa arrogante que esbozaron mis labios arrancaron un comentario despectivo de la boca de Ernesto. Yo, ignorándolo, me adentré en los jardines; y Ernesto, como habíamos acordado, se metió en su coche a leer el periódico, en espera de que yo regresara circundado por la aureola de la derrota. Llegué a la escalinata de la mansión, presidida por dos columnas blancas y rotundas, de la mano de un agradable efluvio de fragancias entremezcladas. Cuando ya pisaba el quinto escalón, tan cristalino que daba reparo hollarlo, la mueca obtusa de un semblante diezmado por las arrugas asomó por la puerta entreabierta, brindándome el paso con una reverencia decimonónica:

—Sígame, por favor —me pidió el mayordomo.

En cuanto crucé el umbral, me vi hostigado por una exacerbada blancura que colapsaba mis retinas desde todos los lados. Imaginemos un desierto de nieve. La mera representación de esa imagen ya ciega, ¿verdad? Pues así me cegaba aquella blancura omnímoda que expelía destellos incoloros que zarandeaban mi cabeza y confundían mi capacidad para determinar las proporciones de los objetos. Me topé con el traje blanco del mayordomo, con las blancas paredes, con el mobiliario blanco, con las blancas alfombras, con los cuadros blancos y las blancas figuras en ellos retratadas. Y, de repente, tras una esquina igualmente blanca, contemplé un cuerpo embutido en una túnica transparente, la cual dejaba entrever la piel pálida de la anfitriona de aquella casa (ante aquel excéntrico panorama, me temí que aquella mujer fuera una perturbada. Pero yo no desdeñaba a las perturbadas hermosas). Su rostro era dulce y albar. Entre sus brazos, el ramo de rosas amarillas que le entregué parecía una prolongación de la cabellera que se precipitaba por su pecho.

—Son preciosas, joven. —Me chocó la aspereza de su voz y, muy especialmente, que me considerara joven, pues su rostro era precisamente el espejo de la eterna adolescencia: parecía el de una mujer de quince años. Además, las palabras y el tono de voz mediante los cuales me agradeció el obsequio no concordaban con su aparente juventud—: Muchas gracias. ¿A qué se debe tanta cortesía?

—Tenía muchas ganas de conocerla —le contesté, ocultando mi hipocresía bajo el disfraz de Príncipe Azul. Entretanto, el mayordomo reía socarronamente—. He oído hablar mucho de usted. Aunque ya veo que es más guapa de lo que se rumorea.

—Son bien recibidas sus lisonjas —me dijo; y, al mayordomo—: Está bien, Bernardino, puedes retirarte.

—Como mande la señorita —obedeció éste.

Y el mayordomo se perdió por un largo pasillo, confundiéndose con el suelo y las paredes de la mansión.

—Bien, ahora que estamos solos, no voy a andarme con rodeos. Dígame, ¿no será usted otro de esos seductores de pacotilla que a menudo me visitan?

—¿Cómo? —titubeé. Afortunadamente, supe reaccionar a tiempo—: Bueno, yo, como solicitaba usted en el anuncio, solo he venido a conocerla. Ahora bien, nada me gustaría más que lograr seducirla. Para qué nos vamos a engañar.

—Me parece bien. Pero sepa usted, antes de nada, que yo no suelo dejarme engañar por las apariencias. —Me tendió la mano, una mano translúcida, y entonces yo, envalentonado, no pude dejar de besársela—. Se llamaba usted Sergio, ¿verdad?

—Así es.

—Bien, Sergio. Parece usted un hombre educado. Dice que ha venido a conocerme.

—Qué remedio. Como no sale de su casa… ¿Acaso está enferma?

—Tranquilo, Sergio —me dijo, haciendo hincapié, melosamente, en el vocativo—. ¿No es evidente que estoy en perfectas condiciones?

—Oh sí, desde luego. Y qué me dice de su familia, ¿tampoco sale? ¿O es que vive sola?

—¿Familia? No. La perdí hace mucho tiempo.

—Vamos, ¿se burla de mí? Usted es una mujer joven. No hará tanto tiempo. Y, en cualquier caso, algo de familia le quedará, aunque sea lejana, ¿no? —Supuse que, con aquellas frases enigmáticas, aquella mujer pretendía confundirme para que yo cometiera algún error que me desacreditara. Pero yo era un actor consumado—. Dígame, ¿hace mucho que se ha trasladado a esta mansión?

—No siga por ese camino, por favor. No quiera saber más de la cuenta. Confórmese con lo que yo estime oportuno contarle —me atajó.

—Perdone. Solo trataba de romper el hielo.

—Ya. Como todos. Mire, voy a serle sincera: hace ya mucho tiempo que estoy buscando un hombre franco, fiel, cariñoso, con el que compartir mi vida y mi fortuna. Pero no es nada fácil, ¿sabe?; todos intentan llevarme a la cama o van en busca de mi dinero. No hay manera de dar con uno que no esté cortado por el mismo patrón.

Supe inmediatamente que no la poseería el primer día; es más, presentí que el plazo que yo me había impuesto para conseguirlo sería, probablemente, demasiado corto.

Sin embargo, ni me di por vencido ni me dejé arredrar por la inesperada contundencia de aquella mujer:

—Lo dice por los hombres que la visitan, ¿verdad?

—Ajá.

—Y claro, no cree que yo sea una excepción. Bueno, ya que ha sacado usted el tema, le diré que yo no me acuesto con una mujer si no ha habido antes una relación afectiva; una relación seria, vamos. Y, en cuanto al dinero, me trae sin cuidado. —Tuve que mentirle, ya que, ahora que conocía a Aurora personalmente, deseaba hacerla mía a toda costa, deseaba revolcarme sobre aquella piel tersa y blanca, aunque para ello tuviera que emplear todo mi tiempo, todos mis esfuerzos.

—Perdóneme. No pretendía ofenderlo. —Me cogió de la mano—. Venga, voy a enseñarle mi colección de esculturas.

Al recibir el tacto esponjoso y trémulo de su mano, al inhalar la vaharada de su aliento de macedonia, deambuló por mi cabeza la tentación del estupro, que me incitaba a despojarla de su ropa allí mismo, sin su previo consentimiento (yo era una persona vil, lo reconozco). Pero finalmente logré controlar mis instintos.

Llegamos, agarrados aún de la mano, a la famosa sala de las estatuas, las cuales, situadas a un metro de distancia las unas de las otras, estaban distribuidas en filas horizontales. Era una estancia insondable, inabarcable, infinita: tras la última fila de estatuas, se prolongaba el espacio sin un final aparente. Resolví que debía de tratarse de un efecto óptico provocado por la conjunción del color blanco de las paredes y el color negro de aquellas estatuas masculinas.

—¿No le parecen preciosas?

—Bueno, no sé qué decirle. —Aurora debió de notar el agarrotamiento de mi mano, porque me la soltó—. Son un poco extrañas. Dígame una cosa, ¿por qué es todo tan blanco en esta casa? Y estas esculturas, ¿por qué son negras precisamente? ¿Hay alguna razón en especial? He de reconocer que todo esto me tiene muy desorientado y, por qué negarlo, también un poco acojonado, si me permite el exabrupto.

—Estas estatuas de piedra son negras porque crecen con la hipocresía —me contestó, penetrando mis ojos con sus pupilas azules.

—¿Qué?

—Déjelo, no lo entendería. ¿Quiere ver algunas de cerca? Tengo doscientas cuarenta en total.

—Me encantaría. ¿Las esculpe usted misma?

—No exactamente; bueno, sí, digamos que sí —vaciló Aurora—. Acérquese, por favor. Vamos a dar un paseo. —Se aferró a mi brazo.

Ni era ni soy un experto en esculturas, pero puedo garantizar que el cincelado de aquellas figuras rozaba la perfección; sus rostros conservaban la estupefacción póstuma de las personas que han visto la cara de su asesino; rostros algunos que, sin saber determinar el porqué, me resultaban familiares. Había, en efecto, doscientas cuarenta estatuas sin alma que yo observé con detenimiento, con un pavor injustificado que la meliflua Aurora detectó en la rigidez de mi brazo. Sinceramente, no he vuelto a sentir un terror tan puro, tan improcedente, como el que me asaltó durante aquel par de horas. Por lo visto, aquella dilatada visita artística era, para Aurora, una forma de poner a prueba a sus pretendientes.

Cuando aquel calvario llegó a su fin, regresamos al vestíbulo donde Aurora me había recibido. Allí me lanzó varias interpelaciones enigmáticas:

—¿Le han leído alguna vez el futuro?

—¿El futuro? Pues no.

—Supongo que no le importará que yo lo haga.

—Ah, ¿es que tira las cartas? No me diga que le atraen esas cosas.

—Pues sí. Es que soy un poco bruja. Qué me dice, ¿se anima?

—Venga, por qué no —accedí.

—Le leeré las manos. Seguro que prefiere la Quiromancia a la Cartomancia.

—Mujer, si me trata con delicadeza…

Aurora, con un gritito que, por su levedad, algunos describirían como un susurro, reclamó la presencia de su mayordomo:

—Bernardino.

Aquél reapareció, inmediatamente, por mi flanco derecho, como si, en un vuelo rasante y vertiginoso, hubiera atravesado buena parte de las paredes blancas de aquella mansión.

—¿Qué desea la señorita?

—Prepáranos una infusión de hierbas a cada uno. Que estén listas dentro de media hora.

—Como quiera la señorita —dijo el mayordomo, que se perdió por uno de los pasillos mientras el eco nos transmitía, lacerante, su risa socarrona.

Entonces Aurora, aferrada de nuevo a mi brazo, me condujo a una nave anexa al edificio principal: atravesamos un pequeño patio al aire libre que acogía un lago elíptico en su centro. Ascendimos por una escalera de caracol y nos detuvimos en la primera planta. Tras atravesar un estrecho pasillo, nos adentramos en una estancia consagrada a la alquimia (aunque en ese momento yo aún no lo sabía): el color blanco omnipresente en toda la mansión, para consuelo de mis ojos ya casi albinos, no se había extendido por aquellas cuatro paredes repletas de estanterías; en éstas, recipientes con inscripciones abstrusas dejaban escapar, por las fisuras de sus tapaderas, los miasmas que desprendían los ungüentos que había en su interior; en el epicentro de la habitación, había una mesa octogonal acompañada por dos alambicadas sillas de madera; en la superficie de la mesa, una lamparilla de gas creaba un círculo de luz en torno a un libro tosco y amarillento, labrado con inscripciones también ilegibles. Aurora me invitó a tomar asiento. A continuación, reguló la potencia de la lamparilla hasta que el círculo de luz cubrió toda la mesa, a excepción de sus ocho vértices.

—Qué mal huele, ¿no? —le comenté a Aurora.

—Lo siento. Son los potingues. Todo esto es la herencia de mis ancestros.

—¿Este libro también?

—Ajá. Lo escribió un antepasado mío que fue un archiconocido brujo en su época.

—¡Vaya, debe de valer una fortuna!

—No crea. Bueno, ¿me deja su mano derecha?

—Cómo no…

Aurora me acarició la palma de la mano con la yema de su dedo índice.

—Esto es muy interesante… Tiene un Monte de Venus bastante pronunciado.

De súbito, Aurora detuvo su dedo en el epicentro de mi mano y exclamó:

—¡Vaya, quién lo diría! Parece ser que contraerá matrimonio en breve…

Y no andaba Aurora equivocada, porque, en efecto, acabamos los dos en la vicaría. Pero esto requiere una explicación pormenorizada:

Tras aquella velada inicial en la que Aurora me leyó las líneas de la mano, vinieron otras muchas, cada una de ellas más apasionada que la anterior; veladas maravillosas que morían con el ocaso de los días. A medida que mis visitas se sucedieron y fue creciendo la devoción que Aurora sentía por mí, se fue disolviendo, asimismo, el lujurioso deseo que me llevó a perseverar en la conquista de aquella extraña mujer. Y, sobre las cenizas de aquel deseo, creció un sentimiento inédito en mi dilatada relación con las mujeres: el amor; mejor dicho, un sucedáneo de este sentimiento universal, pues he de reconocer que la belleza y la personalidad de Aurora me atraían tanto como su fortuna. Mi atractivo físico y mi impecable comportamiento sirvieron de máscara a ese amor no del todo puro durante el cortejo preliminar, tras el cual aquella mujer pálida y bella, enigmática y selectiva, se rindió a mis pies como todas las mujeres lo habían hecho hasta la fecha. No obstante, es cierto que, en primera instancia, me resultó costoso tallar la reticencia diamantina de Aurora; cierto es que ésta me sometió a un escrupuloso examen, que empleó sutiles argucias para tratar de desacreditarme. Pero por encima de todos sus obstáculos tejió, mi capacidad afectiva –y sobre todo la interpretativa–, una red de seducción que, un buen día, la hizo claudicar, claudicar como todas las mujeres claudican ante un hombre atractivo: se aferró a mi cuello y, apasionadamente, me dijo que me quería tanto como a su propia vida.

Así que, como muy bien había predicho Aurora, transcurridos dos meses desde nuestro primer encuentro, decidimos casarnos, noticia que Ernesto, estupefacto, se ocupó de difundir por todo el vecindario, confirmando definitivamente la existencia de aquella etérea dama blanca que se convirtió en mi esposa en una recóndita capilla de París (fue un capricho suyo). Una esposa enamoradísima que accedió, con ese brillo ingenuo en los ojos que tienen las desposadas, a todas mis disposiciones. Para empezar, me encargué de desmantelar –echando mano de un dinero que aún no era enteramente mío– aquel opresivo color blanco que colonizaba nuestra mansión; lo sustituí por una armoniosa gradación de colores que brillaban sobre las paredes y sobre un nuevo mobiliario. Aurora no me puso pegas, pues mis besos, mis caricias, las dulces palabras que yo le susurraba al oído la encandilaban. Por tanto, fui modificando la estructura de nuestro hogar a mi antojo, como si ya fuera exclusivamente mío y, Aurora, un apéndice de aquella casa que acataba todas mis órdenes. ¿No consiste acaso el matrimonio en la sumisión de uno —el más débil o enamorado— al dictamen del otro?

En cuanto a nuestra vida pública, era estrictamente exhibicionista: nos paseábamos, agarrados de la cintura, por toda la vecindad, Aurora propagando su felicidad y yo ostentando mi trofeo, ante los cuchicheos de las mujeres y la mirada crispada de los hombres. Éramos la pareja más emblemática, la más notoria de aquel barrio residencial de pequeños burgueses; y yo, en concreto, un hombre que despertaba la envidia de todos los de mi sexo, tanto solteros como casados. Sí, he de reconocer que fue una temporada de absoluta armonía y felicidad para ambos.

Sin embargo, cuando ya habían transcurrido dos años desde nuestro enlace, mi inclusión en el testamento de Aurora como único beneficiario coincidió con el incipiente decaimiento de mis sentimientos, erosionados por la monotonía que a la larga toda relación impone y, en buena medida, por el lastre de la poligamia, a la que dejé de rendir pleitesía el mismo día en que le entregué a Aurora el anillo de compromiso. Estos dos componentes, diluidos en el tubo de ensayo de nuestro matrimonio, desencadenaron la crisis de nuestra relación. Yo empecé a experimentar una especie de apatía cuando Aurora me entregaba su cuerpo, pues ya eran demasiadas las veces en que yo lo había recorrido con mis manos de ávido explorador; ya eran demasiadas las veces en que había saboreado sus senos, sus hombros, sus caderas, sus tobillos, su piel de musa renacentista con mi lengua aventurera pero hastiada ya de un continente femenino sobradamente explorado, del cual se habían desenterrado todos los tesoros. La pasión de Aurora, sin embargo, permanecía intacta. Pero ni su ternura ni su amor ciego lograron disuadirme del distanciamiento: comencé a ir con prostitutas, en cuyos cuerpos dispares saciaba mi apetito de diversidad y me resarcía de la monotonía; más adelante, frecuenté mis ambientes nocturnos de soltería y entablé relaciones esporádicas con mujeres de toda índole (pero siempre hermosas). De este modo, llegó un momento en que las comodidades que mullían mi vida era lo único que seguía atándome a Aurora. Todo esto, imagino, infidelidades incluidas, lo sospechaba ella; aunque sabía disimularlo muy bien, ya que, en lugar de retirarme su afecto, perseveraba en su intento de reconquistarme (así de enfermizo es el amor). De manera que, como toda mujer desesperada haría, tejió la estrategia idónea para hacerme volver a sus brazos: me manifestó claramente su deseo de tener un hijo. Yo, por supuesto, me negué rotundamente, y creí el tema zanjado. Pero mayúscula fue mi sorpresa cuando, al cabo de tres meses, Aurora me despertó a medianoche en el lecho que compartíamos y, con voz firme y serena, me dijo que hacía mucho tiempo que no se tomaba la píldora; me confirmó, en fin, después de insinuármelo, que estaba embarazada. Y, a continuación, sin darme tiempo a respirar, me lanzó una parrafada admonitoria. Me dijo que, con un hijo en común, ya podía ir replanteándome mi comportamiento, que si no lo hacía y no volvía a quererla, o al menos a intentarlo, no solo me desheredaría y me pondría de patitas en la calle, sino que, además, utilizaría a nuestro futuro hijo en común para sacarme todo el dinero. Yo, entonces, perdí los estribos: le dije que era una puta y una cerda, la zarandeé y la sembré de puñetazos. Pero ella consiguió escurrirse de mis brazos y, tras abandonar el lecho y sobrepasar la puerta de salida, huyó por el pasillo, despavorida y descalza. Turbada como estaba por el miedo, debió de tropezar con alguno de los peldaños de la escalera de caracol y caer por ella descontroladamente. Así me la encontré al pie de la escalera: los ojos abiertos e inexpresivos, el cuello roto, la nariz rebosante de sangre. Tembloroso, le cerré los ojos y la alcé en brazos. Unos brazos que la abandonaron tan pronto como los ojos de la muerta se abrieron de súbito, tan pronto como los labios de la muerta esbozaron una sonrisa maquiavélica, tan pronto como las cuerdas vocales de la muerta emitieron la siguiente sentencia: «Te has lucido, muchacho. Ahora, si me perdonas, voy a tomarme la infusión de hierbas, antes de que se me enfríe. Bernardino te acompañará a la salida». Y Aurora se levantó. Y Aurora se marchó por su propio pie.

Los jardines me escupieron al exterior. Ernesto, al verme, hizo sonar el claxon. Y yo –el gesto de la cara circunspecto, los hombros caídos y la mirada extraviada, llenas las manos de escarmiento– me acerqué a su utilitario. En las entrañas de la mansión, con toda seguridad, comenzó a brotar una oscura estatua de ojos asombrados.

El refugio

Siempre le han fascinado los trenes. Siempre ha sentido una irresistible e ignota atracción por sus contorsiones metálicas; por el quejumbroso chirrido que, de vez en cuando, arrancan de los raíles; por el monótono y terapéutico traqueteo que generan en su discurrir nómada; por la fortaleza de sus corazas de acero; por el modo en que distorsionan y estiran el paisaje; por la acogedora y protectora atmósfera de sus simétricas entrañas; por su espíritu perseverante e infatigable. Sí, siempre le han fascinado los trenes. De todos modos, en estos momentos él sería incapaz de verbalizar estas asociaciones (aunque, como se ha podido comprobar, llegará el día en que podrá inscribirlas en una hoja en blanco); de hecho, ahora mismo ni siquiera sería capaz de armar semejantes conceptos en su mente, todavía inmadura; como mucho, podría decir que le gustan los trenes, que le apasionan (en el improbable caso de que esta palabra forme parte ya de su léxico activo), que, cuando sea mayor, se dedicará a construirlos y a conducirlos (aún no sabe que tendrá que elegir entre lo uno y lo otro). Insisto: le apasionan los trenes, razón por la que ha terminado viviendo en el interior de uno de ellos:

Abre los ojos en la tambaleante oscuridad del compartimento. El hedor a heces remojadas, mezclado con el agrio olor de la ropa sucia, penetra enseguida en sus orificios nasales y se propaga por su cerebro, en el que todavía palpitan las imágenes temblorosas de su última pesadilla, cuyo significado, debido a su corta edad, aún no es capaz de entender; tan solo podría enumerar los elementos más significativos: una casa, una mujer, un hombre, gemidos, un tren que se muerde la cola sobre el que se cierne el brazo de un niño, llantos superpuestos a los gemidos... Pero pronto estas imágenes se disuelven y el agrio hedor a mierda se impone. Entonces, confundido por la intrusión de este olor impertinente, él se incorpora, acciona el interruptor de la luz y, sentado en el borde de la cama, bosteza y, a continuación, reprime las náuseas. Sus pequeños pies descalzos descansan sobre un batiburrillo de ropa sucia; de entre las prendas, rescata sus pantuflas. La puerta del aseo, que prácticamente roza las sábanas que se derraman por el borde de su estrecho lecho, está completamente abierta. En cuanto se yergue, maldita casualidad, el compartimento se tambalea bruscamente, como si el tren hubiera atropellado un cadáver de piedra; consecuentemente, él pierde el equilibrio y cae sobre la cama. Está acostumbrado a estas acometidas que tienen su causa en el tramo de vía maltrecho y, por tanto, suele mantener el equilibrio; pero esta vez la sacudida lo ha cogido desprevenido y somnoliento. En cuanto el compartimento regresa a su mansedumbre, recupera la verticalidad y se interna en el aseo, de donde procede el olor nauseabundo. Descubre un amasijo de heces oscuras en el fondo del váter. No cabe duda de que su rostro infantil debería componer una mueca de asco; pero, como la mierda es suya, en su lugar esboza una sonrisa. Sin ningún tipo de escrúpulos, orina sobre las heces, que se deforman levemente; y, después de recrearse durante varias decenas de segundos en la contemplación de los residuos de sus entrañas, tira de la cadena. Acto seguido, se lava las manos y la cara en el minúsculo lavabo, se moja el cabello y, finalmente, se mira en el espejo. Se da cuenta de que el suyo es un rostro triste. Aún no es capaz de interpretar sus pesadillas, pero sabe perfectamente en qué consiste la tristeza. Entonces le sobreviene un conato de llanto que se desvanece en cuanto le da la espalda al espejo. Ahora se viste con las prendas que sus pequeñas manos han extraído arbitrariamente del batiburrillo de ropa sucia y se calza sus zapatillas de deporte. Sale del compartimento, cierra la puerta con la llave maestra y se la guarda en el bolsillo derecho del pantalón.

Hace ya bastante tiempo que vive en el tren. No sabría determinar cuánto tiempo exactamente. Probablemente, poco menos de un mes. Ahora bien, el tiempo es algo tan abstracto para un niño, que sin duda sus estimaciones podrían ser totalmente erróneas. En cualquier caso, no es el monótono avance del tren en el tiempo lo que lo inquieta, sino el hecho de que, desde hace unos días, el interior de su nuevo hogar, hecho a su medida, haya sido impúdicamente allanado (desde luego, desconoce el significado del adjetivo impúdico, pero no puede dejar de sentirlo, lacerante, en sus entrañas). Inexplicablemente, su hasta hace poco acogedor refugio se ha contaminado de intrusos cuyas identidades le provocan una repulsión inefable, cuyas voces y gestos reproducen obscenas estampas de un contexto que, aunque él –hábilmente– se ha esmerado en transformar en pasado, transcurre superpuesto a su presente de forma irremediable (pero claro, es solo un niño y, por tanto, es incapaz de entender estas cosas). Pero no es incapaz de sentir, a su alrededor, la presencia de algo abominable.

Ha atravesado ya tres vagones sepultados en un silencio de lo más alentador. En el segundo, idéntico a los demás, le ha embargado con fuerza la tentación de acomodarse en uno de los asientos de verde tapizado, correr la cortina de la ventana –en la que ha apreciado algo de suciedad– y contemplar el paisaje de siempre, emborronado por el avance de su refugio acorazado. Pero la certeza de que algo abyecto seguía aún corrompiendo los espacios adyacentes ha reprimido su deseo. Por eso ahora avanza por el pasillo central del luminoso cuarto vagón, acariciando con las manos abiertas la sedosa tapicería de los asientos que se encuentran a su paso, ignorante de que una voz que lo trasciende está poniendo palabras a sus emociones.

Cuando ya está muy cerca de la puerta corredera que comunica el cuarto vagón con el quinto, el tren vuelve a sacudirse la herrumbre violentamente; en esta ocasión, él logra asirse firmemente al respaldo de uno de los asientos. Después de toscos temblores, la calma se restablece en el vagón. De manera que cruza la puerta, se detiene unos instantes en la penumbra –pues siente muy cerca la presencia de lo abominable–, irrumpe en la claridad resplandeciente del siguiente vagón y entonces los oye gemir antes de verlos, en la pared del fondo, encharcados en el cuerpo del otro. Paralizado por la fascinación de lo abominable, observa cómo los dos cuerpos irracionales y convulsos se lamen, se arañan, se embisten, se paladean, se gritan, se succionan las pieles semidesnudas, se socavan. Consigue atisbar en los ojos de ella, que mira en su dirección sin verlo, sin ver nada, algo perturbador que algún día describirá como un brillo enloquecido, como una explosión de lascivia, como un rugido animal que desmiente la humanidad de la que lo mira sin verlo. Inevitablemente, la contemplación de estos cuerpos en duelo como morsas sangrientas termina por colapsar su frágil cerebro, estigmatizado para siempre. Así que las lágrimas se derraman a borbotones y en su mente emerge la imagen de un rostro triste reflejado en el espejo. Desanda sus pasos, cierra la puerta corredera y, tapándose las orejas con las palmas de las manos, se acurruca en la penumbra.

Al cabo de unos minutos se levanta. Solo escucha el leve quejido de los raíles. El quinto vagón parece estar en calma. Así pues, decide –pues ya ha recuperado la compostura– adentrarse de nuevo en el vagón. Tras una ojeada preliminar, le da la sensación de que éste está vacío. Pero entonces escucha las voces. Por el contenido de la entrecortada conversación, infiere que el acto convulso e irracional ya ha llegado a su fin, razón por la cual se decide a avanzar hacia las inequívocas voces; y lo hace lentamente, temeroso de que el infierno de la carne se levante repentinamente ante él. Cuando se asoma tímidamente a los asientos en los que descansan, con la respiración entrecortada, el hombre y la mujer que han allanado su refugio, es ella la que se da cuenta prime-

ro de su presencia. «Hola, cariño; sí que has madruga-
do, ¿no? Cada día te levantas más temprano», le dice. Él
se encoge de hombros, intentando disimular su congoja
interior. El hombre, derrengado en el asiento como un
gorrino destripado, lo mira con ojos inquisitivos, reprobatorios; se incorpora en el asiento. «Qué pasa, chaval.
Otra vez dando la lata, ¿eh? Contigo no hay manera».
A él, a pesar del mayúsculo esfuerzo que está realizan-
do por contenerse, le resbala una lágrima escurridiza por
la mejilla. «¿Estás bien, cariño? Tienes mala cara. ¿Otra
pesadilla?», le dice la mujer mientras se limpia, con el
dorso de la mano, un resto de saliva adherido a su barbilla. Él asiente de manera poco convincente. «Ven aquí,
campeón». El hombre lo agarra firmemente del brazo –
aunque solo el apéndice infantil puede detectar el exceso
de dicha firmeza– y lo atrae hacia sí; a continuación, lo
sienta en sus rodillas. Inmediatamente, él siente en sus
nalgas la presión punzante de algo prominente que anida,
decadente, entre las piernas del hombre cuyas manos le
presionan la cintura. Entonces lo acometen las náuseas y,
mientras respira profundamente para abortar el vómito,
advierte en los ojos de la mujer, que no logra disimular su impaciencia, ese fuego enloquecido al que todavía es incapaz de darle nombre. «Las pesadillas no son
reales. No hay que darles importancia. Tienes que echarle
valor y comportarte como un machote», le dice el hombre
derramando sobre su cuello un aliento que, aunque no es
fétido, le resulta repulsivo. La mujer observa la escena
como extraviada. Encaramándose a sus frágiles y enclen-
ques hombros, el hombre le susurra al oído: «Y ahora date

un paseo, que tu madre y yo tenemos cosas que hacer, ¿entendido?». De súbito, el tren se tambalea durante unos segundos. La pareja, acostumbrada ya a los traspiés de este tren que han asaltado impunemente, ni se inmuta. Él, que todavía es incapaz de formular la siguiente sentencia, confía en que el designio de los raíles maltrechos se termine cumpliendo. «Venga, cariño, ve a hacerte el desayuno, que ahora mismo estoy muy ocupada», lo insta la señora de la mirada lúbrica e incandescente. Él, presa de una congoja implacable, obedece de inmediato las órdenes de sus carceleros.

Avanza, titubeante, por el siguiente vagón. Las imágenes obscenas se suceden en su mente con tanta celeridad, que de hecho las contempla como si estuviesen superpuestas: una baraja desparramada de pieles hambrientas y lenguas correosas. De repente, atisba un objeto extraño por el rabillo del ojo sobre el primer asiento de la fila derecha; se detiene para identificarlo. Se trata de la maqueta de una casa a la que le falta el tejado en uve. Se pregunta cómo habrá llegado eso ahí; pero una mente de apenas ocho años no puede conformar una respuesta coherente o verosímil. Así pues, elude las reflexiones y se limita a interactuar con el objeto, cuya cúspide descubierta le ofrece una visión cenital del interior de la casa, constituido por una única estancia que representa una habitación infantil de paredes decoradas con un colorido sistema solar en la que una figurita masculina, sin duda de corta edad, está sentada en el suelo junto a las vías por las que circula (pero el movimiento hay que imaginárselo) un tren de juguete. En cuanto su cerebro procesa la información que le proporciona el objeto, sus manos y sus piernas arremeten contra él y terminan haciéndolo trizas.

«¡¿Pero te has vuelto loco, chiquillo?! ¡Mira lo que has hecho con mi casita! ¡Qué voy a hacer yo ahora sin mi casita!», le grita, a su espalda, una voz que inmediatamente reconoce como la de la señora Carmela, la entrometida y fisgona señora Carmela, siempre al acecho, merodeando y escrutando todos los espacios contiguos y ajenos. Por lo visto, ella también ha logrado entrar; y, si sigue el patrón de comportamiento de los demás, no abandonará su refugio metalizado. Él lo sabe perfectamente, aunque en estos momentos sea incapaz de expresarlo. A pesar de que suele tratarlo amablemente, la señora Carmela le produce una gran desazón, no le inspira la más mínima confianza; aunque no sabe exactamente por qué. «No está bien que rompas las cosas de los demás. Pero te perdono. Entiendo que te comportes así. Dime una cosa, cariño, ¿ese hombre que va a todas partes con tu madre va a ser tu segundo papá?», indaga la mujer, que recibe una inequívoca mirada de desprecio enturbiada por las lágrimas. Él aprovecha un nuevo estremecimiento del tren (el hecho de que sea más violento que los anteriores le dibuja una media sonrisa en los labios) para zafarse de la mujer que se yergue sobre él como una hiena alada. Poco le importa que la hiena haya caído al suelo y que se esté estremeciendo de dolor.

Tras enjugarse las lágrimas con la manga de su jersey, cobra conciencia de que necesita alimentarse. Desde que se ha despertado en su desordenado compartimento, se ha esforzado en ignorar las señales de esta necesidad. Pero, a estas alturas de su peregrinaje por los vagones sucesivos, ya no hay manera alguna de eludirla. Así que se dirige hacia la cafetería, a pesar de que repudia el contacto con su pusilánime morador. Durante el trayecto, los vagones vuelven a estremecerse antes de lo previsto. Él deduce que el tren ha aumentado su velocidad. Suspira.

Antes de entrar, con su rostro triste y fatigado mirando hacia el techo, le pide a no se sabe quién que borre de la existencia al hombre que, desde hace unos días, suele descomponerse, como un árbol putrefacto, en el interior de la cafetería. Pero sus plegarias no son atendidas porque su voz interior se ha dirigido al vacío, a la nada en la que terminarán transformándose los conceptos metafísicos que le han inculcado. En efecto, el hombre taciturno y demacrado está sentado en uno de los taburetes de la barra, con una botella de whisky aferrada a una mano mugrienta y encallecida. Él camina lentamente y, sin ser visto, pasa al otro lado de la barra. En cuanto trastea los vasos, el hombre encorvado y pensativo se gira y le muestra su rostro paterno, un rostro macilento en el que se pueden leer los secretos más miserables de la vida. «Qué pasa, ¿no vas a saludar a tu padre?», le reprocha. Más que el tono quejumbroso de su voz, es el aliento agrio que expele la boca del hombre el que lo impele a contestar. «Así me gusta. Estaría bueno que tú también me faltases al respeto». Él, silencioso, se aparta de la barra y bebe de un vaso de leche parsimoniosamente, mientras observa con repugnancia cómo el hombre de la voz y los rasgos paternos intenta sobreponerse a la embriaguez que le cala todo el organismo. «Sabes, hijo mío, he estado pensando en el porqué de toda esta mierda y he llegado a una conclusión: tu madre es una puta y una marrana. Ha ensuciado las sábanas que hemos compartido durante diez años. Yo no he hecho más que currar como un cabrón para sacaros adelante, y mira cómo me lo paga. Ya sé que te habrá dicho que cuando tú no estabas en casa yo le daba de hostias. Pero mira, hijo, a las putas hay que hostiarlas de vez en cuando, porque si no se te suben a la chepa y se acaba el respeto. Y sin respeto al patriarca, ¿adónde coño vamos a ir? No me mires con esa cara. Ya lo entenderás cuando seas mayor». El hombre hace una pausa para echarle un trago a la botella de whisky. Saciada su sed de degeneración, concentra sus ojos beodos en el semblante aterrado de su mudo e imberbe interlocutor y le ordena: «Ven aquí. Siéntate a mi lado». Él retrocede. «¡Ven aquí de una puta vez, mocoso!». El hombre, enfurecido, se levanta empuñando la botella amenazadoramente. Entonces el tren tropieza y se convulsiona de nuevo, lo que ocasiona, en primer lugar, que al niño se le escape el vaso de leche de la mano temblorosa y que, en consecuencia, se forme en el suelo un purísimo charco blanco que comienza a ennegrecerse; y, en segundo lugar, que el hombre trastabille y finalmente se derrumbe, estrellando la botella contra el suelo, con lo cual se forma un charco oscuro y delicuescente alrededor de su cuerpo. Una vez que el tren recupera la estabilidad, una sombra veloz aprovecha el aturdimiento en el que está sumido su carcelero para escapar de la cafetería.

Desanda el camino apresuradamente. En su discurrir errático y neblinoso, no halla rastro alguno de la señora

Carmela, cuya sonrisa beatífica, que se agrieta para insinuar más allá de su cáscara un bisbiseo inmundo, se reproduce en su mente como un espasmo de larvas negras. Los gemidos que atraviesan, debilitados, la piel metálica del vagón detienen de golpe el ímpetu de sus piernas. Se siente atrapado. Se siente preso en su propio paraíso. El tren se estremece de nuevo. Resignado, decide sentarse en un asiento contiguo a una de las ventanas. Acaricia las cortinas, algo sucias. Las aparta con una mano temblorosa y contempla el veloz paisaje a través del cristal: por encima de un mobiliario distorsionado, los planetas del sistema solar desfilan sobre un fondo negro que imita torpemente la materia oscura del universo. Tiene la sensación de que los planetas giran en torno a su mirada como si él fuese su centro (para ser exacto, esta sensación no acontece en este momento de su vida, sino que será la consecuencia de una rememoración ulterior). Lo que sí forma parte de este presente es el inquebrantable sentimiento de soledad que lo embarga mientras se pierde en la repetición infinita de los cuerpos celestes.

De repente, recibe un impacto en una de sus mejillas, muy cerca de la cuenca de su ojo derecho. Un escozor intenso se propaga por su piel, arrancándole unas cuantas lágrimas de los ojos y obligándolo a soltar la cortina. Instintivamente busca con la mirada, en las inmediaciones de su asiento, el proyectil que ha colisionado con su rostro pensativo. No lo encuentra. Pero su huella ha quedado grabada en su semblante. Unas voces inconfundibles, que lo hostigan con frases cargadas de crueldad, convierten el escozor de su mejilla en algo secundario, prácticamente imperceptible. Al proyectar la vista por el pasillo, el pánico cobra forma en las figuras de dos chiquillos de mirada proterva que, a poca distancia de donde él se encuentra, blanden dos tirachinas cargados, en disposición de lanzar un nuevo proyectil. Ni siquiera tiene tiempo de lamentarse de que ellos también hayan encontrado la forma de infiltrarse en un refugio que, erróneamente, él creía hermético, pues el pánico, que no entiende de contemplaciones ni meditaciones, lo obliga a emprender la huida. Corre desesperadamente, sin dejar de escuchar los vituperios de sus perseguidores. No tarda en toparse con los gemidos y los golpetazos sobre la carne. Pero ahora no puede atender esta fuente de horror. Así que no se detiene hasta que, consumidos unos pocos metros, el tren se estremece con una violencia inusitada y descarrila y se descoyunta y los vagones dan vueltas sobre sí mismos y la oscuridad lo engulle todo.

Una fuerza omnipotente se cierne sobre el tren y lo devuelve a los raíles. Cuando él se levanta, indemne, en el interior del vagón, esboza una sonrisa y suspira aliviado. Lo hace porque espera encontrar en el suelo un reguero de sangre y un manojo de cadáveres desmadejados. Pero, en lugar de eso, contempla cómo dos chiquillos que blanden un tirachinas en su mano derecha, apoyados en dos asientos contiguos, asisten fascinados al coito visceral de dos cuerpos desnudos que se revuelcan por el suelo como reptiles arcaicos.

El desconcierto y la pesadumbre comienzan a carcomer su organismo. Obviamente, todavía es demasiado pequeño para comprender que ni siquiera su fecunda imaginación puede modificar las estructuras del mundo.

La confesión

Dicen de mí que soy un embustero empedernido, que mi predilección por la mentira es innata; dicen que, con el paso de los años, he ido perseverando, dueño de unos recursos inventivos que rozan el virtuosismo, en el deshonesto ejercicio de cautivar a las personas con falacias de todo tipo. Eso dicen. Pues bien, yo doy fe, ahora que mi círculo de amigos se ha estrechado y se ha expandido el tumulto de mis detractores, de que estas habladurías están sobradamente justificadas. Porque yo, solidarizado con esa porción ínfima de la Humanidad que opta por seguir una vida heterodoxa, que procura desbaratar las convenciones del resto de autómatas, considero la mentira, la falsificación de los sucesos, uno de los más bellos objetivos del arte. Así que lo que otros tachan de engaño no es para mí más que un entramado artístico hilvanado por mi intelecto. Pero no confunda mis palabras: no me estoy refiriendo exclusivamente a la manipulación literaria de la realidad, sino al concepto de la mentira en la amplia extensión del término; me refiero tanto a la mentira que brota de la más rastrera villanía como a la que se esculpe con una inocente y bienintencionada arcilla; estos dos extremos –y todas sus gradaciones intermedias– son los que yo practico, según el criterio de mis allegados, con depurada maestría. No hará falta decir que esta condición de mixtificador me ha proporcionado un buen número de enemistades; además, me ha negado el amor de esas criaturas sensibles a las que ningún hombre puede renunciar, pues no he encontrado ninguna que, después de aceptar mi poco agraciado aspecto físico, soportara los embelecos a los que suelo someter a todas las mujeres que conozco; engaños que, en mi opinión, constituyen una buena forma de aliñar determinados momentos insulsos de las relaciones sentimentales. Estos son los inconvenientes a los que está expuesto el artista, el falsificador; y, como tales, los asumo, con estoicismo, porque soy un mártir de mis propias convicciones.

Evidentemente, entre las mentiras que ingenian los de mi condición se diluyen todas sus verdades. Por tanto, cuando nos urge que nuestros conocidos escuchen un relato vital que forma parte de nuestra vida real y no de la que falseamos continuamente, éstos cuestionan, de inmediato, su credibilidad. Por esta razón me remito a usted, señor letrado, con tanta sinceridad; por eso le he puesto sobre aviso, porque quiero que se convenza de que, a pesar de mi fama de embustero, los acontecimientos que le narraré a continuación son totalmente ciertos. Deduzca de ellos, pues, si merezco o no los cargos que se me imputan. Esta verdad es la oveja negra de mi dilatado rebaño de mentiras:

I

Todo comenzó un siete de febrero en Cambrils, población costera y turística de la provincia de Tarragona. Allí dispongo de un apartamento que mis padres me legaron en su testamento (además de algunos ahorros que ya me he encargado de malgastar en todo tipo de vicios), al que acudí, al recordar la tranquilidad en la que se sumía el lugar durante los meses de invierno, con la intención de preparar mis oposiciones a la Administración Pública (ya me había cansado de vagabundear por empresas de tres al cuarto, en las que recibía un trato personal inaceptable y cobraba un sueldo irrisorio). Es cierto que esa nueva situación, que yo mismo me había impuesto, invocaba en mi memoria inquietantes recuerdos sobre los desalentadores años que pasé en la universidad, sobre aquel martirio de los exámenes, pero prefería enfrentarme de nuevo a semejante suplicio a seguir siendo un conformista que pisoteaba sus ambiciones de antaño. Así que me desplacé hasta allí, con un par de maletas y el temario fotocopiado, para abastecerme de unos conocimientos que dieran un vuelco a mi prosperidad económica.

A las diez de la mañana de un sábado frío y despejado, abrí la puerta del apartamento y accioné el interruptor del contador de la luz, con lo que aborté una oscuridad que, desde el verano, se había aposentado cómodamente en el apartamento. Y lo puse todo en orden, como me enseñara mi madre en los tiempos púberes, cuando pretendía convertirme en una marujona. (Como ella había visto frustrado su deseo de tener una niña a su semejanza, trataba de invertir mi identidad sexual con delantales, recetas de comida y conferencias que versaban sobre el uso correcto de la bayeta y el detergente. Y yo, por entonces, en protesta a aquel esmero transformista de mi progenitora, ya me toqueteaba la pichilla en el aseo mientras contemplaba fotografías de cuerpos entrelazados). Como estaba diciendo, expulsé a la ermitaña oscuridad de los aposentos que se había fraguado durante el otoño y el incipiente invierno; deshice las maletas, adecenté mi habitación –bombillas y colchas nuevas, acondicionador perfumado– y la convertí en un surtido centro de estudio; por fin, tras fregar los suelos, limpiar el polvo de todo el piso y prepararme un tentempié, encendí el televisor y, tumbado en el sofá, sacié mi apetito.

Una vez alcanzado este punto, tenga en cuenta, señor letrado, este detalle: las enormes ventanas del salón estaban situadas por detrás del televisor. Téngalo en cuenta porque, de haber sido de otro modo, si desde mi posición no me hubieran incitado sus persianas bajadas, quizá el curso de esta historia, de mi vida a fin de cuentas, se vería ahora modificado. El caso es que me levanté del sofá, sobrepasé el televisor y tiré de la cinta que facilitaba el ascenso de las persianas (ya entonces, antes de que la mañana se colara en el apartamento, sentí en el estómago el pinchazo de la tragedia, pero latente, como un feto recién concebido que, posteriormente, se alimentó de mi breve relación con la persona que apareció tras aquellas ventanas): me topé con los intensos rayos del sol, que hirieron mis ojos; entonces me enjugué las lágrimas y, una vez que el panorama adquirió formas coherentes, Ella apareció contoneándose (estaba vestida en esta primera ocasión), turbadora y preciosa, a lo largo del séptimo balcón del edificio de enfrente.

Sí, señor letrado, así interfirió la maléfica mujer en la nueva realidad que yo trataba de moldearme. Interfirió, y de qué modo. Pero, antes de proseguir, permítame que le explique por qué la he tildado de maléfica: no lo he hecho porque esa mujer lo fuera de una manera acentuada, no porque lo fuera más que las otras, sino porque yo considero la maldad un atributo intrínseco de la mujer. Estará usted de acuerdo conmigo, dado que es varón, en que las hembras malogran y aniquilan todo cuanto tocan. En ocasiones, pienso que son un mecanismo establecido por la naturaleza cuya función es la de llevar a la especie humana a la extinción; que son, en definitiva, una especie de virus que nos aniquilará y dará lugar a un nuevo curso de la Historia. No sé hasta qué punto estos asertos resultan desmedidos. Saque usted, al final de mi relato, sus propias conclusiones.

Bien, desafortunadamente, pocos fueron los minutos que Ella me ofreció para que yo la contemplara; aunque, en cuanto se percató de que estaba siendo observada, se dedicó a contonear su cuerpo de un modo muy insinuante. Creció entonces en mí el desasosiego que la mujer hermosa suscita en el hombre imprudente: permití que me arrobaran sus llamas, que me acorralasen las telarañas de su belleza cercana; y, por consiguiente, pasé –sin importarme que, transcurridos esos pocos minutos, Ella diera la función por terminada– toda la mañana y parte del mediodía apoyado en la barandilla, recomponiendo, mediante la memoria, cada una de las partes de su cuerpo; y quedé prendado de su belleza con tal fuerza que, a partir de entonces, Ella se convirtió en algo prioritario. Sí, durante el resto del día me abstraje de mi entorno: me recluí en una parcela imaginativa de mi mente de la que escapaba, con relativa frecuencia, para asomarme al balcón, donde entendía que, por el momento, tendría que suplir la realidad ya vivida con remembranzas menos jugosas. De esta forma tan ridícula llegó a afectarme aquella breve visión (así de poderoso es lo femenino). Tan solo el sueño, llegada la noche, mitigó mi deseo de poseer a aquella mujer, de penetrar en sus candorosas entrañas.

II

Descalzo y en calzoncillos, sobre el suelo desconchado del balcón. Así recibí a la urbanización costera, al mar que acariciaba sus silenciosas arenas, en aquella segunda mañana. Porque, en cuanto me desperté y proferí los bostezos pertinentes, ya sentí, desde la cama, la fuerza de su presencia atravesando los ventanales del salón. Allí la encontré de nuevo, en su terracita, tendiendo un copioso arsenal de prendas de lencería que, en infinidad de ocasiones, habían acariciado una piel que yo deseaba lamer a toda costa. Deduzco –por lo que me dijo en nuestro primer encuentro– que, mientras yo me regodeaba en Ella, debí de rascarme, con demasiada insistencia, cierta parte baja de mi cuerpo. Y, aunque entonces fui incapaz de percibirlo, luego supe que Ella también me observaba; pero no diré ahora si lo hacía con buenos o malos ojos. En fin, yo estaba tan hipnotizado que solo recuerdo que, llegado el momento, Ella cogió el canastillo de las pinzas y se perdió en las tinieblas de su piso. Entonces desperté realmente aquella segunda mañana. Me dirigí apresuradamente hacia el aseo. Al cabo de un rato, con mi cara cuajada de cortes por un empleo desastroso de la ensangrentada cuchilla de afeitar, regresé a mi espacio imprescindible y la vi salir, por casualidad, del portal del edificio de enfrente. Entró en el supermercado de la esquina. Y yo, entonces, di el segundo paso de esta tragedia anunciada (el primero fue contemplarla): resolví bajar a su encuentro, sin reparar en que los trocitos de papel higiénico que restañaban las pequeñas hemorragias que brotaban de mi cara seguían aún en su sitio.

En la entrada del supermercado me hice con uno de los muchos carritos de la compra que había a mi disposición; juntos, abordamos la estructura laberíntica en busca de mi nueva prioridad. La hallamos en la sección de congelados arrimada a un voluminoso frigorífico: su brazo, extendido, sujetaba el carrito de la compra; la mitad superior de su cuerpo se había precipitado en el interior de la nevera, con lo cual las mallas que se ceñían a su piel dibujaban perfectamente los tersos medallones de sus glúteos. No negaré que me dieron ganas de penetrarla en aquella postura, pero, afortunadamente, coarté mis impulsos a tiempo, pues, apelotonados por debajo de mi ombligo, ya crecían y amenazaban con incrustarse en la rejilla trasera de mi compañero de cuatro ruedas. Una vez controlada

mi lascivia, me acerqué tratando de pasar desapercibido. Pero terminé empujándola aparatosamente con mi
hombro, a lo que Ella respondió de modo tajante:

—No empuje, por favor. —Levantó la vista y me reconoció—: Vaya, es usted.

—¿Nos conocemos? —le dije yo, mostrándome inten-
cionadamente ingenuo.

—Sí, hombre. Usted es el de los calzoncillos y los
picores —me contestó, exhibiendo un descaro inopina-
do—. Cualquier día de estos pillará una pulmonía.

Yo enmudecí. Y Ella se marchó, con su carro, unos
metros más allá de donde yo me encontraba, obligán-
dome, mediante aquella retirada que a mí se me antojó
estratégica, a seguirla como un perrito faldero.

—Vaya, menudo corte me ha dado. Pero tiene razón.
No volveré a salir en paños menores al balcón. Es que
acababa de despertarme y la he visto ahí, en su terraza,
y no he podido evitar asomarme. —Cuando Ella apenas
había separado los labios para atajarme, yo le dirigí lo
que me parecía un bonito piropo—: Dígame, ¿hay algún
nombre de mujer en este mundo que pueda designar tanta
belleza como la que usted posee?

—Pero ¿qué coño está diciendo? ¿Se está quedando
conmigo? Venga, ¡quítese de mi vista!

—No se enfade, mujer. ¿Tal vez Linda? ¿Se llama
usted Linda? Es un nombre precioso, ¿no cree?

—Un momento, ¿esto va realmente en serio?, ¿no me
está tomando el pelo? Porque ¿usted se ha visto? ¿No
pretenderá entrarme con esa cara llena de papelajos? —
Ella sonrió despectivamente—. Seamos serios, por favor.

Seguramente me ruboricé, pues sentí un calor intenso en pómulos y sienes. Palpé mi cara y exclamé:

—¡Vaya, qué despiste más tonto! —Me rebañé la cara—. Ya está. ¿Mejor así?

—¿Mejor para qué? —inquirió Ella con desprecio.

—Para cortejarla, por ejemplo.

—Pero bueno, ¿de qué psiquiátrico se ha escapado? ¿No le he dicho ya que se largue?

—No me negará que se siente halagada —la atajé yo—. Además, todavía no me ha dicho si se llama o no Linda.

—Lo que hay que oír, Dios mío. Será subnormal el tío —murmuró mi vecina—. Mire, esta conversación ha terminado. No sé lo que pretende, pero desde luego hoy no estoy para aguantarle estupideces a nadie.

—Entonces la invito a cenar. En mi casa. Esta noche. ¿Qué me dice, Linda?

—Y dale. ¿Sabe que me está hinchando las narices?

—Cocinaré para usted —insistí—. Soy un cocinero exquisito.

—¿Es que quiere que avise a los mozos de seguridad? —me amenazó.

—¿Acaso tiene algo mejor que hacer que cenar conmigo?

—¡Un montón de cosas, gilipollas! —exclamó, empujándome para tratar de abrirse camino.

Su cintura me sirvió para abortar su maniobra evasiva. Así esposada, la atraje hacia mi cuerpo; y, al oído que con tanto ahínco yo mordería en un curso más avanzado de esta historia, le susurré:

—Qué pasa, ¿tiene novio? No me importa compartirla. Tengo mucho dinero. Soy lo que se dice un buen partido. —Mi aliento espurio se propagó por su estupefacto semblante—. Permítame que la bese.

—¡Pervertido, asqueroso! —Me cruzó la cara y se apartó—. ¡Es usted repugnante! ¡Si se vuelve a acercar a mí iré a la policía!

Y se fue, y se perdió por la cascada de estanterías; y quedó estancada en el río de mi memoria.

III

El primer día la descubrí; durante la tarde permanecí absorto en su recuerdo; la noche me sirvió de analgésico. El tercer día la amé por encima de todas las cosas; durante la tarde permanecí absorto en mis quehaceres; la noche me sirvió para resarcirme. El segundo día la asalté con arrojo en el supermercado; durante la mañana y la tarde permanecí absorto en su rechazo:

Como tantas otras veces, después de la bofetada de aquella mujer desdeñosa mi alma se hundió en la desolación; una desolación intensa y abrasiva. En el rellano de mi edificio, tras la derrota, se esfumaban mis esperanzas de perderme en la paradisíaca piel de mi vecina. La ira me consumía. Los centenares de voces femeninas que me habían rechazado a lo largo de mi vida resonaban en mi mente.

Cuando dejé de martirizarme por lo que había sucedido, abandoné el oscuro portal de mi edificio y me abrí camino hacia una redención que muchos considerarán repugnante: subí a mi apartamento, cogí mi billetera y, tras dudar entre varios destinos, me dirigí a un renombrado burdel de Salou. Como tantas otras veces después de un fracaso sentimental, me marché a perpetrar mi venganza en un coño monstruoso, cochambroso, en un coño que pudiera destrozar a destajo como si fuera el de la Otra. Las prostitutas pagan por todas las villanías que cometen las mujeres de este mundo.

Habrá detectado, señor letrado, que mi pena y mi ira no estaban justificadas, puesto que me comporté con aquella mujer como un degenerado. Eso requiere una explicación; de lo contrario, usted podría sacar conclusiones que me tacharan de persona infame. Lo que yo era por entonces –y lo que soy ahora, a fin de cuentas, desde este punto oscuro y húmedo desde el que narro– es fruto de la decepcionante educación que la vida me ha deparado: el jarabe amargo del fracaso, la senda tortuosa del perdedor. Yo soy, no obstante, un hombre plagado de virtudes —basta mi prosa para cerciorarlo—, pero de virtudes infravaloradas en esta sociedad nuestra de autómatas apolillados. Es por ello que, un buen día –o malo, según se mire–, renegué de todo lo políticamente correcto y me consagré a la mentira para obtener placer y reconocimiento. Y es por ello también que, un día de odio desbocado, decidí tratar a las mujeres, en lo sucesivo, tan mal como ellas me trataban a mí. Y así me ha ido. Soy una víctima, no lo dude; mi psique se ha pervertido a lo largo de un lento proceso que me ha pasado desapercibido. Porque yo era puro, se lo aseguro; porque han sido el Mundo, la Sociedad y la Mujer los que me han corrompido.

IV

La mañana, la tarde y la noche del tercer día cimentaron la ruina de otras tardes y mañanas ya presentes, de otras noches como la que hoy me acoge.

La mañana del tercer día: semilla del desenlace. Durante varias horas permanecí entretenido escrutando una pequeña parte del pueblo costero que se extendía más allá de mis ventanales —el consabido bloque de pisos y la venerada terraza del séptimo; al fondo y a la derecha, el astilloso muelle; y el agua, el horizonte, a través de una brecha que moría en la calzada, tras la que seguía la arena de la playa. Lo hacía recostado en una tumbona, aletargado por el calor que emitía una estufa de gas butano. Los modestos prismáticos que había comprado en la mañana del segundo día, a la salida del burdel, me permitían atisbar la atrincherada suciedad en las persianas bajadas de mi vecina, mientras la impaciencia, como la rapaz que atormentara a Prometeo, iba devorando mis entrañas. Pasaron dos horas de tormento hasta que mi musa vio la luz del día: se alzó el telón, se corrieron las cortinas y, frente a las ventanas ligeramente empañadas por la humedad, Linda —no se merecía otro nombre— bostezó y abrió sus brazos al invierno, a mi invierno. Ella rebañó el vaho de los cristales con las manos y enseguida reparó en mi presencia, en la tumbona, en los prismáticos, en mis labios ansiosos. Y yo, por mediación de mis retinas de cristal, rocé, casi lamí, las erupciones de sus pechos, que el camisón transparentaba. Linda se mostró pensativa, melosa con su pelo, melosa en los ademanes, condescendiente con el perseverante allanamiento de su intimidad, incluso provocativa, muy provocativa. Finalmente, llevó a cabo un acto temerario: arrimó un sofá a las ventanas, se sentó en él, dándome la cara, y se despojó del camisón. Tanta primavera simultánea al invierno me trastocó (omito los detalles descriptivos porque, además de causar una digresión que entorpecería mi relato, no estoy lo suficientemente dotado como para plasmar con palabras tanta belleza desnuda). Así dispuesta, Linda, que sabía que mis ojos moraban a escasos centímetros de su piel, entreabrió las piernas y, con un movimiento sensual de sus manos, recorrió todo su cuerpo para incitarme a admirarlo. Finalmente hizo un movimiento obsceno con sus brazos mediante el cual, indudablemente, pretendía decirme que me fuera a tomar por el culo. De modo que yo, avergonzado (y, en cierto modo, intimidado por el atrevimiento de aquella mujer), solté los prismáticos. Inmediatamente, Ella, mi ama amada, corrió las cortinas.

La tarde del tercer día: lujurioso preludio de la tragedia. Diré tan solo, por decoro, que la pasé encerrado en el cuarto de baño, y que, cuando salí de él, necesité mucho hielo, muchísimo hielo.

La noche del tercer día: ruina y locura. Mi venerada desdeñosa descorrió las cortinas de su terraza a las nueve en punto (a las ocho ya me había cansado yo del cuarto de baño). Esta fue la hora exacta que mi Linda

—no se merecía otro nombre— eligió para que se iniciase el espectáculo de mis heridas. Se descubrió ante mí con el mismo desparpajo que exhibiera por la mañana, pero ahora estaba elegantemente vestida, con el pelo recogido en un moño estilizado que aportaba dulzura, inocencia, a las translúcidas facciones de su rostro. Paseaba su trasero —el de los tersos medallones— a la altura de los bordes de una mesa cubierta por un mantel de encaje, el cual, hasta entonces, no había engalanado el salón con su presencia. Linda distribuyó sobre aquella mesa dos refinados juegos de cubiertos y, en su centro, un par de esbeltas velas blancas. Me temí lo peor. Temores que se confirmaron al cuarto de hora escaso, cuando Ella desapareció de la escena y reapareció del brazo de un Adonis superlativo. Linda me lanzó entonces una mirada maliciosa. Tras las formalidades previas, se sentaron los dos a la mesa, el uno frente al otro, acaramelados, cómplices, perversos.

Ahí comenzó la anunciada tragedia, mi tragedia interior, pues mi adorada vecina me había cerrado las puertas definitivamente. Acompañada por un ser superficial, se escapaba de los amarraderos de mi puerto como un virtuoso polizón en un navío de contrabandistas, en una travesía de ida y vuelta que solo me permitía alcanzarla con la mirada. Yo soy un hombre melancólico, frágil, que acepta el triunfo de los otros, la alevosía de la mujer, con una sumisión absoluta; y esa fue mi postura inmediata aquella noche: la postura de la derrota. Al fin y al cabo, ya por entonces estaba yo convencido de que las mujeres eran ángeles etéreos que, paradójicamente, un hombre virtuoso como yo no podía asir ni atrapar, pues el privilegio de acariciarlas, para luego destrozarlas, estaba reservado a las manos del hombre común. Por eso, como respuesta perentoria a un nuevo desengaño, esbocé una sonrisa de resignación; pero, desgraciadamente, en esa ocasión la cosa fue mucho más allá. Es decir, que mi vida no se habría ido al traste si la tragedia se hubiera limitado a aquello, a un mero desengaño, si los prismáticos no me hubieran deparado el final de aquella velada entre enamorados, el final de aquella velada de ajuste de cuentas:

De repente, Linda se levantó de la mesa y desapareció de mi campo de visión. A los pocos segundos, su compañero se sobresaltó y, sin querer, derramó sobre el mantel parte de la sopa que estaba degustando. Linda reapareció arrastrándose por el suelo –como un reptil epiléptico–, seguida por un hombre que –me consta– la injuriaba y que. además, pateaba su vientre (supuse entonces que se trataba de un amante despechado o, quizá, de su marido). El Adonis se abalanzó sobre él; y entonces el intruso, dibujando en el aire estelas de plata, le sembró el pecho de cuchilladas. Cuando el intruso estiró del mantel, cucharas, platos y tenedores, al chocar con el suelo, tocaron una melodía fúnebre, precursora de la sangre. Acto seguido, el intruso tendió a mi estimada vecina sobre la mesa y le seccionó la yugular: el pastoso vino empantanó su pecho. Y, chapoteando en su carne cálida pero muerta, aquel hombre con manos de ogro, aquel hombre que sangraba al afeitarse, se abandonó al placer de la necrofilia.

Félix Casado Olaizábal.
Barcelona, 10-9-97.

La luz y la sombra

La ciudad –una ciudad cualquiera, una ciudad sin nombre– murmuraba como una colmena de helmintos. Observada desde los cielos, mostraba numerosos espacios transitables, de estructura laberíntica, que se revestían de una materia negra, movediza y vociferante: una materia humana. Los edificios descollaban como alfileres de diferente tamaño; edificios intercambiables como la ciudad que los acogía. Por el patio de luces de uno de esos edificios irrumpía el amanecer devorando la somnolienta oscuridad con su bocado progresivo: perfilaba las grietas de las paredes, los sarpullidos de humedad, los marcos de las ventanas y, sobre la claraboya del fondo, las aristas de unos cuantos objetos que habían sido defenestrados. Dos voces femeninas charlaban desde dos ventanas situadas a la misma altura, la una frente a la otra:

—Tengo el fregadero hasta arriba de cacharros, Conchi, las camas patas arriba y la habitación del niño que se cae de mierda. ¡Te lo juro, me dan ganas de mandarlo todo al carajo! ¿Sabes una cosa?, en cuantito termine de tender esto, me tumbo en el sofá a tragarme todos los culebrones que echen. Sí, sí, no te rías. ¡Voy a estar lo que queda de día abanicándome lo que tú ya sabes!; así que cuando llegue Juan con el niño, que no tardarán ya mucho, que se calienten las lentejas que sobraron de ayer y punto. ¡Vamos, que ya está bien de tanta explotación!

—¡Anda que te has levantado tú buena! Además, ¿de qué te quejas, coñona? Tienes un marido que te respeta, que cumple, tú ya me entiendes, un crío que da gusto… ¡Lo tienes todo! Lo que pasa es que eres más gandula que la Pascuala.

—¡Mira quién fue a hablar! ¡Si tú no das ni golpe!

—Porque estoy en huelga. Mis buenos motivos tengo.

—También es verdad. Pero oye, nena, que quede claro que yo de gandula nada de nada; ¡pero es que estoy hasta el mismísimo de ser la criada de todo el mundo! ¿Qué te crees, que a mí se me contenta a base de achuchones? Nada de eso, chata, que, aunque no haya estudiado, ¡soy una persona con las ideas muy claras!

—¡No te quejes tanto, no te quejes tanto! Me gustaría verte en mi lugar. Ibas a saber tú lo que vale un peine.

—Perdona, niña; ya sé que lo mío no es nada comparado con lo tuyo. Qué pasa, ¿no se te arreglan las cosas?

—Qué va, ya no tiene remedio. Nada, no puedo hacer nada. La verdad es que estoy desesperada.

—Anima esa cara, mujer, que no me gusta verte así. Yo también he pasado por muy malas rachas; y, créeme, siempre pasan. Tarde o temprano, pero siempre pasan.

—Esto no es una mala racha. Esto es el final. Lo presiento. Ya soy incapaz de engañarme a mí misma.

*　*　*

Aquel hombre apesadumbrado regresaba de la oficina por una avenida fértil de presencias, sonorizada de rumores desenfadados, polinizada de luz, edulcorada de perfumes primaverales; una avenida bulliciosa, perfecto ejemplo de una ciudad saludable. Pero no regresaba para restañar las heridas del cansancio, para renacer en un hogar acogedor, sino para reformular –como todos los días desde que su pesadilla cobrara forma– el significado de las palabras pánico y horror; para enfrentarse, en definitiva, a la Monstruosidad.

Dejó la avenida, cruzó la calle y, en ese preciso instante, la realidad se subvirtió, se desprendió de su meliflua máscara: el cielo adquirió un aspecto mortecino; el aire se hizo tóxico; el asfalto se tornó terroso y abrupto. Caminó entonces, tembloroso –a pesar de que aquella trayectoria se repetía diariamente–, hasta la verja de astillada madera que rodeaba el edificio. Traspasó un umbral de mármol presidido, a derecha e izquierda, por un ciprés de corteza desconchada. Al otro lado del umbral, una tenue niebla emanaba del suelo agrietado; un suelo que crujía bajo sus pies; un suelo del que brotaba la retama. Cuando dejó atrás los jardines, se detuvo frente a una puerta leprosa que daba acceso al interior de aquella estructura comunitaria que había sido infectada por la ponzoña de uno de sus habitantes. Por la fachada de la edificación, húmeda y mohosa, trepaba una urdimbre de plantas que se adherían con vigor a las paredes y succionaban su vitalidad. La atmósfera sabía a descomposición, a heces, a alimentos regurgitados.

Introdujo la llave en la cerradura y las bisagras ulularon como almas mortificadas y errabundas. Una bocanada de aire gélido rasgó sus mejillas y estrió sus labios. Cuando cerró la puerta detrás de sí, cesó la ventisca e, inmediatamente, el silencio reinó en aquel vestíbulo polvoriento. Resignado, comenzó a subir por las escaleras. Se detuvo en la tercera planta; se detuvo ante aquella puerta que condensaba todos los hedores, todas las deformidades que verja, umbral, jardines, edificación y vestíbulo se repartían. Había llegado al final del camino.

¿Por qué la realidad pura, candorosa, sublime, degeneraba todos los días, al regresar a su domicilio, en una realidad pútrida, abyecta y despótica? ¿Cuánto tiempo haría ya que esto sucedía? ¿Qué año, qué mes, qué fatídico día del calendario humano fue escogido por la Pesadilla para instalarse en las entrañas de su hogar? No tenía las respuestas a estas preguntas. Su memoria guardaba el periodo de existencia anterior al cambio (aunque se trataba de un recuerdo fragmentario y difuso), pero no el momento exacto del cambio; no disponía de la imagen que representaba el momento preciso en el que una guillotina escindió el curso de su vida y transformó la realidad –su realidad– en un huevo de dos yemas: una blanca y otra negra. No, no conocía las causas de la inflexión ni recordaba el instante en que ésta se produjo. De esta incertidumbre, precisamente, había deducido que el paso de lo cándido a lo horrendo se había dado de un modo gradual; sabía, por tanto, que la evocación del pasado no le facilitaría un esbozo de cada una de las etapas de ese cambio progresivo e invisible a los ojos. Por lo que respecta a esa etapa de su vida anterior a todo lo horrendo, emergía de su memoria un vago recuerdo sobre un distendido periodo de felicidad del que disfrutó en compañía de un ser complementario (aunque no se trataba exactamente de un recuerdo ortodoxo, sino más bien de una sensación intuitiva). Pero ¿qué clase de ser era aquel?; ¿un ser real y tangible?, ¿tan real y tangible como la Criatura Monstruosa que lo esperaba tras la puerta que estaba a punto de abrir? En tal caso, ¿qué había sido de aquel ser? ¿O se trataba, quizá, de un ser metafórico? ¿Tal vez la soledad? ¿Estaba relacionada, aquella sensación de felicidad pasada, con los años que había compartido con la soledad? De todas formas, no le importaba demasiado obtener las respuestas a esas preguntas. Ahora compartía su vida con un ser de ultratumba y, por tanto, más que averiguar cómo su pasado difuso había devenido en el atroz presente, le convenía acabar, de una vez por todas, con la criatura despótica que estaba arruinando su vida; aquella criatura que envilecía todo lo que tocaba, todo lo que le era adyacente.

* * *

—No digas esas cosas, Conchita. ¿Es que nunca te han dicho eso de que la esperanza es lo último que se pierde? No puedo creerme que te estés rindiendo; no va nada con tu carácter.

71

—¿Y qué quieres que haga? Se me escapa de las manos.

—¡Pues hablarlo con él, coño! ¡Ya ves tú qué fácil! Mira, lo coges, lo sientas en una silla, le pones las cosas bien claritas, nada, unos cuantos berridos y un par de huevos, que te vea segura de ti misma, y seguro que al día siguiente lo tienes más suave que un guante.

—Mira que eres ingenua. Cómo se nota que no lo has vivido en tus carnes. Apenas hay ya comunicación entre nosotros. Te explico: el tío llega de la oficina, hace la comida de los dos, barre y friega; vamos, que limpia todo lo que yo ensucio a conciencia; y, cuando termina con todo eso, entonces se va a hacer la compra; a las nueve en punto, el cabrito es como un reloj, se marcha y no regresa hasta el día siguiente. ¿Qué te parece?

*   *   *

La puerta de su piso cedió. (Es imposible concebir una decrepitud superior a la que infectaba los corredores y habitaciones de aquel domicilio. Ninguna descripción le haría justicia). Colgó la gabardina en el perchero, se descalzó y se puso las pantuflas. A continuación, entró en su despacho y depositó su maletín sobre el escritorio, entre el monitor del ordenador y un pequeño montón de archivadores. Salió de nuevo al pasillo y, mientras iba hacia la cocina, exclamó: «¡Ya estoy en casa!». Un gruñido resonó al otro lado de una puerta metálica situada al final del pasillo principal; un gruñido estridente que reclamaba el sustento vitamínico. «¡Voy a hacerme la comida! ¡Ahora te doy lo tuyo!».

Él se pasaba las tardes deambulando por las callejuelas de la ciudad en busca de carnaza: registraba los cubos de basura, escudriñaba las montañas de escombros de algunos descampados dejados de la mano de Dios; y, cuando la cacería no resultaba fructífera, acudía a la Perrera Municipal. Se había convertido en un sicario sin escrúpulos que, para saciar la voracidad del Engendro y protegerse, al mismo tiempo, de sus impulsos antropófagos, desatendía los reproches de su conciencia y, en lugar de proveerse de lo necesario en la sección de carnicería de cualquier supermercado, limpiaba la ciudad de seres trashumantes e insignificantes. Y es que Ella prefería la carne móvil, la carne temblorosa, la carne que jadeaba al ser descoyuntada.

Se amarró el delantal a la cintura y encendió la vitrocerámica. Cogió una de las sartenes apiladas en la estantería de su derecha y, después de rociarla con aceite de oliva, la colocó sobre la superficie térmica. Seguidamente sacó, de la nevera, un par de huevos, una longaniza y una botella de vino tinto. Cascó los huevos en el borde de la sartén: dos mártires de los que brotaron ampollas cuando contactaron con el aceite. Peló también algunas patatas que, reducidas por el cuchillo a porciones de diferentes formas y tamaños, comenzaron a dorarse en la freidora. Dejó el delantal en el respaldo de una silla. Mientras todo aquello se cocinaba, aprovechó para realizar una breve incursión a su dormitorio, donde se deshizo el nudo de la corbata, se desabotonó la camisa y se desabrochó el cinturón. Abrió el armario y colgó las prendas en los percheros vacíos. Se puso entonces un chándal y, para protegerse del frío invernal y sobrenatural que desprendía toda la casa, también una bata que le llegaba hasta las rodillas. Desde el pasillo, resonaban los golpes y arañazos que la puerta metálica recibía. Cuando regresó a la cocina, los huevos estaban listos y las patatas en su punto. Así que dispuso una servilleta de papel y un juego de cubiertos sobre la mesa; finalmente distribuyó, en un plato, los huevos, las patatas y la longaniza.

Ahora solo le faltaba prepararle la comida a la Aberración. Abrió la puerta del lavadero y, de un biombo de esparto deshilachado, sacó un gato piojoso que, un tanto arisco, blandía unas uñas mugrientas y miraba con unos ojos interrogantes que parecían ignorar que no volverían a ver la luz del día. Lo asió por la piel a la altura del comienzo del espinazo, a lo que el felino respondió con movimientos epilépticos para tratar de liberarse; pero pronto se agotó y, por consiguiente, relajó todo su cuerpo y se dejó transportar como una bolsa de basura. «Tranquilo, tranquilo. No te vas a enterar de nada». Salió al pasillo. Sus pies se detuvieron a escasos centímetros de la puerta metálica —contusa y abollada—, por cuya rendija inferior (la que acariciaba el suelo) se abría paso, desde el otro lado, una sustancia viscosa y amarillenta que olía a azufre; una sustancia cáustica que, en su avance, decoloraba las primeras baldosas del pasillo. Las suelas de sus pantuflas fueron parcialmente devoradas por el ácido. «¡Mierda! ¡Ya te tengo dicho que no te acerques a la puerta! ¡Retírate!». Los arañazos y los golpes cesaron. Entonces —y solo entonces– desbloqueó el complejo sistema de cerraduras, entornó la puerta y, sin más contemplaciones (el cinismo de la costumbre), lanzó el animal a unas fauces que devorarían sus siete vidas de una sola tarascada. Cerró la puerta rápidamente y bloqueó el sistema de cerraduras. Sin dilación, retrocedió algunos metros. La embestida, como todas las veces, fue inmediata y letal. Un tremendo chillido, agudo, sanguinario, dinamitó sus tímpanos; tuvo que tapar sus oídos para que su imaginación no elaborara una imagen ficticia de la carnicería. El aire silbaba, al otro lado de la puerta, como lacerado por floretes de esgrima. La carne móvil, la carne temblorosa, la carne jadeante se resquebrajaba como un trapo viejo y carcomido, rebosando una sangre caliente que era gustosamente absorbida.

Con las palmas de las manos taponando sus oídos, los ojos cerrados y los hombros encogidos, regresó a la cocina. Nunca se acostumbraría del todo a aquella demostración de violencia desbocada, y mucho menos a lo que vendría después. Todos los días la misma melopea terrorífica. Se arrellanó en una silla y, acto seguido, la arrastró hasta que su vientre se topó con el borde de la mesa de la cocina. Qué distinta era la presentación de su comida a la presentación de la de Ella: condimentos inertes que ni gemirían ni lucharían por su supervivencia. Aunque, en el fondo, ¿no era aquella longaniza el producto de una carne porcina que, empapada en su propia sangre, inhalaba, momentos antes de expirar, la fetidez que desprendían sus propios intestinos a la intemperie?; ¿no era, aquel litro escaso de vino tinto, la sangre de centenares de diminutos cuerpos que habían sido machacados por una prensa?;

¿no eran, aquellos taquitos dorados, los fragmentos de un cuerpo descuartizado por un implacable bisturí?; ¿no eran, aquellos huevos, dos fetos usurpados a la naturaleza? ¿Dónde residía, pues, la diferencia? Acaso en el disfraz. El Hombre era un animal estético, partidario del eufemismo, que hacía menos atroz su atrocidad, que disfrazaba su naturaleza. Ella, en cambio, era pura y sincera.

Se abalanzó, como animal estético, sobre aquellos cuerpos descuartizados, mientras abandonaba su mente a los recuerdos de la memoria. Durante el cuarto de hora escaso que invertía en deglutir los alimentos, se enajenaba siempre de la realidad terrorífica de su hogar y rememoraba aquellos momentos de luz que salpicaban su existencia (aquellos por los que había desestimado el suicidio): por un lado, los de la mañana, consagrada al trabajo administrativo en la oficina (y, en menor medida, al coqueteo con Lucía); y, por otro, los de la noche, durante la cual se dedicaba, con ahínco, a recorrer el cuerpo de Lucía, a susurrarle al oído palabras tópicas de compromiso que, aunque no podía garantizarlo, creía haber deslizado, ya hacía una eternidad, en otros oídos. A Lucía la amaba toda la noche, sin reservas, a corazón abierto, y le prometía un futuro en común a sabiendas de que era imposible que mantuvieran una relación que no fuera clandestina; porque él no podía desligarse de su pesadilla, desentenderse de la Criatura de la que era ¿responsable?, ya que ésta (así se lo había hecho saber) lo acompañaría, como el cáncer acompaña al enfermo, a cualquier lugar adonde él condujese sus pasos.

A Lucía la conoció en la oficina; pero ¿antes o después de que su vida empezara a oscurecerse? Es más, ahora que lo pensaba con detenimiento, ¿había una relación de causa-efecto entre el amor que sentía por Lucía y el oscurecimiento de una de las parcelas de su vida? ¿Eclipsó, la luz de Lucía, el resplandor menguante de su vida oficial hasta convertirla en penumbra? ¿Había estado alimentándose la Criatura de esa penumbra? ¿Por esa razón había llegado a merecer el calificativo de monstruosa? Le resultaba difícil desentrañar aquellos enigmas. Pero para qué iba a complicarse más la existencia con todas aquellas divagaciones. Lucía y su mundo eran la luz; Ella y su domicilio, la sombra. Y punto.

Sí, a Lucía la conoció en la oficina. Fue contratada por la empresa para cubrir el puesto de la anterior secretaria del jefe de departamento (la cual, según aseguraban las malas lenguas, había presentado la dimisión para quitarse de encima la pegajosa lascivia de su jefe. Sin embargo, Lucía no había presentado, desde que entrara al servicio de la empresa, ninguna queja al respecto). Desde el primer momento, se sintió irremisiblemente atraído por la belleza núbil y jovial de la veinteañera, y percibió –con sorpresa, por supuesto– destellos de correspondencia en las pupilas de la joven. Posteriormente, ella le revelaría su debilidad por los hombres maduros y canosos. El caso es que su relación con la joven progresó espectacularmente: al principio, se dedicaban miradas y sonrisas concupiscentes; a los pocos días, tuvieron un breve encuentro en el ascensor durante el cual no dijeron más que estupideces; a lo largo de aquel mes de noviembre, se limitaron a saludarse agradablemente; durante el mes de diciembre, mantuvieron dilatadas conversaciones en una cafetería que había cerca del edificio de la empresa; y, por fin, el veinticinco de diciembre –cómo iba a olvidar una fecha de tanta trascendencia– Lucía le hizo, con arrojo, la siguiente proposición: «¿Por qué no pasas la noche de Navidad conmigo?». «¡Cómo vas a molestar! No seas tonto». La noche de Navidad fue una orgía de villancicos sobre la carne.

Claro, ahora lo recordaba... Recordaba cómo se las había ingeniado para escapar, aquella noche de Navidad en la que cualquier pretexto se suponía injustificable, de las zarpas de la Criatura (¿ya era repugnante entonces? En efecto, entonces ya lo era, pero no del todo monstruosa). Recordaba cómo, tras abandonarla, fue a resguardarse en las mieles de Lucía; pero, antes de lamer su piel de mazapán, tuvo que vérselas, por primera vez, con la agresividad de la Bestia –que, aunque era de naturaleza primaria, ya intuía la traición y el adulterio–, con la ferocidad de sus embestidas y de sus insultos, con el llanto torrencial de sus ojos malignos y resentidos; tuvo, en definitiva, después de que Ella le labrara la cara y el cuello de arañazos, que reducirla y suministrarle un calmante que la dejó fuera de juego durante toda la noche.

Tal vez fue aquel el día en el que se produjo la inflexión, el día en el que la decrepitud impregnó aquella parcela de su vida de la que entonces acababa de renegar, escindiéndola de aquella otra –representada por las lenguas flamígeras de Lucía– por la que se decantó. Lo cierto es que, si ya experimentó sentimientos de aversión por la Criatura cuando, aletargada ésta por el calmante, la dejó en el sofá en el que la había obligado a ingerir la pastilla, tremendo fue el impacto que recibió cuando, al regresar a su domicilio a la mañana siguiente, se dio de bruces con la transformación sobrenatural de su cuerpo. El aura de decadencia que la circundaba se había acentuado; las facciones de su rostro, en concreto, se habían tergiversado lo suficiente como para que el cambio fuera percibido por unos ojos acostumbrados al patrón anterior. Había comenzado, en su organismo, un proceso degenerativo que, a lo largo de los días, de los meses, la fue transformando (apenas perceptiblemente, del mismo modo en que un niño crece sin que sus padres adviertan las alteraciones de su fisonomía) en la Criatura Monstruosa que ahora era; y ese germen degenerativo hizo mella, asimismo, en su entorno más inmediato: en los jardines, en la edificación y, sobre todo, en el interior del domicilio que compartían. A sus ojos, Ella comenzó a metamorfosearse, a partir de aquel día, en lo Otro.

Ya no le cabía la más mínima duda. Así había ocurrido. No podía constatar, no obstante (aunque la intuición se lo sugiriera), que hubiera existido un periodo de armonía previo a aquella tormenta; seguramente, lo había habido, porque ¿no era la vida, después de todo, un camino de altibajos? En fin, había necesitado mucho tiempo –y la presión constante de Lucía– para indagar en su pasado, evaluar todas las circunstancias y llegar, por fin, precisamente aquella tarde, mientras apuraba su plato (y la Criatura el suyo), a un diagnóstico definitivo. ¿Debía entonces acatar, ahora que se había descubierto culpable de la terrorífica transformación de la Criatura (mejor dicho, partícipe de la culpa), las exigencias de Lucía? ¿Debía desprenderse de Ella, mediante cualquier método, ahora que sabía, ya con absoluta certeza, que no era más que una víctima de su adulterio? Así se lo había planteado Lucía, enroscada en su cuerpo, la última noche:

—No volveremos a vernos hasta que no resuelvas tu situación. No aguanto más de este modo. Mis padres no me educaron para ser la querindonga de ningún hombre. Y no me mires así; a mí me duele tanto como a ti. Así que ya lo sabes: mañana no vengas, porque no te abriré la puerta.

—Pero Lucía… Ponte en mi lugar. Dame un poco de tiempo para ir preparando el terreno —le había rogado él.

—Ya has gastado todo el tiempo del mundo. Estoy decidida. No volverás a pisar esta casa hasta que no te liberes y fijes una fecha de boda.

—Vamos, Lucía… Sabes que, tal como están las cosas, eso es imposible. Al menos de momento.

—Tú sabrás lo que te conviene. Es mi última palabra.

Se había tratado de un ultimátum en toda regla. Luego aquella noche que se avecinaba no la pasaría en la trinchera algodonosa de los brazos de Lucía, aquel elíseo nocturno de carne joven, de piel tersa, de palabras que nacían de los labios impregnadas de un mirífico idealismo romántico. La juventud y la soberbia de Lucía la habían llevado a tomar una decisión irrevocable. Y él se encontraba entre la espada y la pared. Su alma, abatida por todo lo horrendo, por todos los rostros maléficos de lo cotidiano, no podía prescindir de las noches, que eran el contrapunto a su vida diurna junto al Engendro; no soportaría ni una semana más de existencia sin el lenitivo de aquellas noches. Y Lucía era perfectamente consciente de ello, la muy… sabia. Ella estaba convencida de que él haría cualquier cosa para no perderla. Pero andaba equivocada. En lugar de obligarlo, con su ultimátum, a desprenderse definitivamente de su otra vida, lo que había hecho era arrojarlo a la perdición.

¡Ingenua Lucía, inocente criatura! ¡Si ella supiera a lo que él se enfrentaba todos los días! ¡Si conociera el alcance de su suplicio! ¡Hasta qué punto ignoraba que la naturaleza terrorífica del ser que lo sometía no tenía nada que ver con lo que él, para evitar que lo creyese un demente, le había explicado! Si lo hubiera sabido todo con pelos y señales, nunca habría adoptado una postura tan intransigente. ¿O sí?, ¿o habría sido peor? Lo mejor era dejar las cosas como estaban.

Pero ¿qué iba a hacer ahora? ¿Iba a discutir con la Criatura Monstruosa, como dos personas civilizadas (qué frase tan absurda), sobre lo que él consideraba el final de su dictadura? ¿Iba a intentar llegar a un acuerdo? Inconcebible. Entonces ¿iba a escapar con Lucía de la ciudad, del país, del mundo si hacía falta? Imposible: Lucía no aceptaría la humillación de la huida; y, en todo caso, la criatura de las guadañas articuladas, despechada, encolerizada por el abandono, iría en su busca y, cuando tarde o temprano diera con su refugio, devoraría primero al macho que la había traicionado y, posteriormente, a la mujer que lo había incitado al perjurio. ¿La mataría, pues? ¿Sería capaz de matarla? ¿Y si, como siempre había sospechado, Ella era una criatura inmortal?

* * *

—¡Pero qué me estás contando, Conchita! No me habías dicho que la cosa era tan grave.

—Te lo digo ahora.

—¿Y dónde se supone que pasa la noche?

—Te lo puedes imaginar.

—¿Una amante? ¡Vaya tela! Y yo que pensaba que tenía turno de noche o algo así… ¿Y hace mucho que te viene ocurriendo esto?

—Unos dos años.

—¿Y quién es la guarra, si puede saberse?

—Ni idea. Seguro que alguna veinteañera de la oficina. Al muy cabrón no le gusta la carne vieja.

—¡Pues qué quieres que te diga, yo empezaba con el papeleo del divorcio pero ya mismo! ¡Qué digo divorcio, yo le sacaba los ojos directamente!

—Te pareceré una estúpida, pero no quiero el divorcio. Quiero recuperarlo.

—No digas tonterías. ¿Es que aún lo quieres?

—Pues sí. Le arrancaría el cuello, pero lo quiero. No puedo evitarlo.

—¡Qué complicada es la vida, madre mía! Vamos a ver, que yo me centre. Dices que aún lo quieres, pero, por lo que me cuentas, le haces la vida imposible todo lo que se merece y más; porque supongo que, además de tener la casa hecha una mierda para que él se deslome limpiándola, tampoco le dirigirás la palabra, ¿verdad?

—Lo imprescindible. En cuanto llega, me encierro en mi habitación. Al rato me trae la comida, cruzamos cuatro palabras y hasta el día siguiente.

—Me dejas de piedra, Conchi. Mira, deja que te dé un consejo: con esa actitud lo único que vas a conseguir es que la distancia entre vosotros se agrande. Pero tampoco te estoy diciendo que vuelvas a ser la de antes, porque no hay ninguna garantía de que él recapacite y deje a la otra. La única solución que le veo es el divorcio.

—De eso nada. Él me prometió fidelidad hasta la muerte. No consentiré que me abandone por otra. Si no es mío no será de nadie.

—No me asustes, Conchi.

—Calla, calla. Me ha parecido oír el ruido de la cerradura.

Las mujeres callaron.

—Sí, es él; ya está aquí. Te dejo, Berta. Ya te seguiré contando.

*   *   *

El suspiro que se desgajó de sus labios removió, sobre el plato de cerámica, las virutas que se habían desprendido de los cuerpos descuartizados. Apuró el vaso de vino tinto y se limpió los labios con la servilleta de papel, tapizada ya por la sangre reseca de los cuerpos descuartizados. Entretanto, seguían ahí, en su mente, las palabras admonitorias de Lucía, que, como alfileres incandescentes, le procuraban un martirio que no le dejaba pensar con claridad. ¿Debía enfrentarse a su propio miedo para tratar de vencerlo o, por el contrario, resignarse a ser un desgraciado durante el resto de sus días?

Ladeó la silla y se levantó. Debía terminar, sin más demora, con el ritual doméstico de todos los días. Se remangó y se puso unos guantes de látex, deslustrados por la lejía, que habían permanecido desde el día anterior en el fregadero, junto a una pila de platos, vasos y cubiertos sucios. Sumó el plato, el vaso y los cubiertos de la comida a los que tenía acumulados y, estropajo en mano, los fregó con bastante pericia. Cuando terminó con la vajilla, entró en el lavadero y apartó el biombo de esparto para atraer hacia sí un cortacésped especialmente diseñado para su uso en pequeños jardines. Tras accionar el motor del aparato, paseó sus aceradas cuchillas por los suelos de todo el piso, cortando de raíz los hierbajos, enérgicos y olorosos, que brotaban de los intersticios de las baldosas y que las resquebrajarían si él los dejara crecer a su antojo; el cortacésped se acompañaba de un adminículo de tamaño reducido que, incorporado a una varilla telescópica, le permitía segar las estalactitas verdes que pendían de los techos y eliminar el musgo que tapizaba las paredes. Si él no llevara a cabo diariamente esa meticulosa y extenuante tarea de limpieza, su domicilio se convertiría en la selva que la Criatura Monstruosa deseaba para sí misma; una jungla anárquica que, con el tiempo, degeneraría en lodazales, pantanos y aguas movedizas; una ciénaga que se lo tragaría y haría de él un hombre sin alma ni dicha.

Ahora, antes de abandonarse a la peregrinación por los callejones oscuros y los descampados de la ciudad, debería echarle el trago más amargo a la subvertida realidad de su domicilio. En su habitación, se despojó de la bata y se puso un anorak, relleno de plumas, que confería a su cuerpo la voluptuosidad del muñeco propagandístico de Michelín; para mayor seguridad, se ciñó la bandolera de un rifle que, un día accidentado en el que consideró insuficientes las prestaciones de su cuchillo de cocina, les había comprado a unos maleantes de un barrio marginal que lindaba con el suyo. Así curtido, regresó a la cocina. Allí abrió por tercera vez la puerta del lavadero, de cuyo interior sacó, con una mano, el cubo de la fregona y la susodicha, y, con la otra, el recogedor de la basura.

Salió al pasillo. Avanzó hacia la puerta metálica demorándose, silenciosamente, en cada una de las baldosas. Aquel breve pasillo, aquel breve trayecto hasta la cuna del Engendro era la condena que le había impuesto el dios en el que no creía; era la cíclica montaña de Sísifo, la flamígera rueda de Ixión. (En ocasiones despertaba, sobre el hombro esponjoso de Lucía, sobresaltado por la pesadilla que lo retrataba a él caminando por aquel breve pasillo, desnudo y desarmado, en dirección a una puerta metálica que terminaba succionándolo; inmediatamente, caía de rodillas al suelo de aquella habitación que, por su temperatura, parecía un pedazo de tundra sobre la que crecía una frondosa vegetación selvática; la siguiente escena comenzaba con un tremendo alarido y terminaba con su cuerpo desmochado y su sangre empapando los labios y la lengua y el paladar de otro. Entonces se despertaba: estremecido, se apartaba de Lucía y la observaba desde la distancia, seducido por su rostro imperturbable; transcurridos algunos segundos, se acercaba de nuevo y le besaba el cabello, la frente, los ojos, las mejillas, los labios; y ella se despertaba al compás de cada caricia; y ella, con una voz que resonaba todavía desde el otro lado del umbral de los sueños, le decía: «¿Otra pesadilla, cariño? No pasa nada, no pasa nada. Duérmete, duérmete»). Y es que, al fin y al cabo, su vida no sería tan terrible si pudiera prescindir, cada día, de aquellos segundos que tardaba en atravesar el pasillo; si pudiera irrumpir en aquella habitación espantosa con un simple chasquido de dedos.

Pisó las baldosas decoloradas por los ácidos. Tomó, antes de entrar, varias bocanadas de aire, pues estaba convencido de que el oxígeno le proporcionaría el sosiego que necesitaba para confeccionarse una máscara autoritaria que arredrara a la Criatura Monstruosa. Y es que, aunque alimentarla era fácil (si no fácil, al menos poco arriesgado), profanar sus dominios desprotegido (no sabía hasta qué punto, en caso de apuro, el rifle sería efectivo) y manejar cautelosamente el tono y el contenido de las frases para no ofenderla era una tarea de gran envergadura que, no obstante, él lograba realizar todos los días. Pero su actual predisposición no era la de otros días: el ultimátum de Lucía gritaba, aferrado a los barrotes de su conciencia, como un prisionero que temía convertirse en un reo; gritaba y espoleaba su cabeza desesperadamente.

La voz de Lucía estallaba en sus tímpanos transmitiéndole un mensaje de coraje.

Al fin se decidió a golpear la puerta. La contestación, desde el otro lado, tomó el cuerpo de un gruñido que pretendía ser un «adelante». Entonces él, que todavía lograba entender lo poco que quedaba de lenguaje humano en aquella voz tosca y sobrenatural, desbloqueó las cerraduras. «Retírate al fondo. Tengo el rifle». Al cruzar la puerta, la selva lo recibió con los brazos abiertos, con toda su espesa vegetación. De la techumbre de aquella selva en miniatura, pendía una bombilla de veinticinco vatios que proyectaba una luz débil e intermitente. Era inútil emplear el cortacésped en aquel recinto, porque la jungla crecía con una velocidad vertiginosa y solo se detenía cuando estaba a punto de exceder los confines de la estancia. Él se limitaba, por tanto, a retirar las sobras de la comida –esparcida como la metralla en una guerrilla– y los excrementos que Ella depositaba, con diligencia, en un amplio receptáculo envuelto en un papel de periódico que él renovaba diariamente. Y eso fue, precisamente, lo que hizo: dejó, a sus pies, los utensilios de limpieza y, con un dedo en el gatillo del rifle, caminó los dos metros que lo separaban de la montaña de heces; el hedor era nauseabundo. Con una sola mano –la otra permanecía en guardia–, reunió las cuatro puntas del envoltorio periodístico e hizo con él una pelota esponjosa y maleable.

En el recodo más umbrío de la selvática habitación –esa lejana esquina a la que no llegaba la luz de la bombilla–, crujieron los arbustos y brillaron, con pretensiones de faro, dos pupilas rojas que escrutaban al hombre cruel que faenaba con el rostro cohibido por la repugnancia, al hombre al que, pese a su crueldad, seguían amando.

Él retrocedió hasta la entrada vigilando, con el cañón de su rifle, aquellos rubíes que parpadeaban en la noche, aquellas desoladas cuencas de las que, cuando él se marchaba para no volver hasta el día siguiente, rebosaban lágrimas que resbalaban por el rostro abrupto y desconsolado de la Criatura Monstruosa. Sin perder de vista aquellos resplandores gemelos, soltó la pelota de excrementos a un lado y empapó, en el cubo, el mocho de la fregona. «¿Dónde están las sobras de la comida, eh? No las veo por ninguna parte. ¿No las habrás escondido otra vez? ¡Maldita sea! ¡No sabes que todo eso se pudre!», dijo él, dirigiéndose a una interlocutora de momento muda. «¿Quieres jugar conmigo?, ¿eso es lo que quieres? ¿Te divierte ponerme a prueba? Por qué no me haces el favor de...». Una mirada de reojo a la puerta que tenía detrás de sí le cortó la respiración. Allí estaba lo que buscaba. La puerta era un mural surrealista y sanguinolento, un tapiz de relieves espeluznantes, un collage de tropezones de carne: gracias a la propiedad adhesiva de la pequeña cantidad de sangre que la Criatura Monstruosa no había succionado, el pellejo peludo del gato permanecía adherido al abollado metal de la puerta; a unos veinte centímetros del rastrojo sin vísceras, se adivinaba la presencia de la masacrada cabeza del difunto animal, que dejaba entrever una coronilla de tejidos desgarrados y huesos astillados; por debajo de todo el conjunto, un letrero impreso con sangre rezaba: «Lo he notado un poco soso. Le faltaba sal y un buen chorrito de aceite».

Él, ante aquella demostración de cinismo, se echó las manos a la cabeza, descargó la furia de su garganta e hincó las rodillas en el césped. En su mente, Lucía reanudaba su griterío: «¡Libérate! ¡Libéranos! ¡Termina de una vez con esta situación! ¡Hazlo por los dos! ¡Tienes que ser fuerte, cariño!». Lucía tenía toda la razón del mundo, pero era una ingenua. ¿Cómo iba él a abolir aquella selva sempiterna? ¿Cómo iba a expulsar de su guarida al insecto carnívoro que tanto amor le profesaba? Porque, pensándolo bien, ¿no había labrado él, con su apatía sentimental, con su adulterio, el terreno sobre el que había fertilizado todo lo horrendo? ¿Y si el Engendro era (en tal caso, ¡qué terrible locura la suya!) una patología de sí mismo, un espejismo del subversivo cristal mediante el cual interpretaba la realidad?

Enjugó, con las yemas esponjosas de sus dedos, algunas lágrimas que la rabia había deslizado por sus mejillas. Recuperó la verticalidad apoyándose en la fregona, con la ayuda de la cual, a continuación, desprendió el pellejo y la sesera del animal; y, tras empaparla de nuevo en el cubo, diluyó en el agua aquel rímel de letras movedizas; con ayuda del recogedor, echó los despojos del gato al cubo de la fregona: el agua pronto dejó de ser incolora.

Mientras tanto, unos ojos rutilantes y meditativos observaban sus maniobras desde el emplazamiento más oscuro de la jungla.

«Míralo, qué cara tan triste tiene, con qué frialdad y diligencia va recogiéndolo todo; el muy hipócrita se cree que está haciendo una buena obra, que su falso estoicismo le será recompensado en otra vida; qué sinvergüenza es, pero qué sinvergüenza… Y, aun así, continúo queriéndolo, fíjate tú qué estupidez, porque a mí no se me ha olvidado el pacto que firmé con Dios; él, sin embargo, se lo ha saltado a la torera, el muy cerdo. Pero sigo queriéndolo como el primer día. Es tan poquita cosa, está tan indefenso, que no me costaría nada hacerlo trizas entre mis brazos; le abriría el pecho y metería mi cabeza e iría abriéndome paso, a lengüetazos, entre su sangre para siempre mía; pero yo lo quiero vivo, dulce y sumiso, como lo era ya hace una eternidad, cuando él me veía con otros ojos, ojos enamorados, y me acariciaba la cara y me hacía sentir la mujer que yo era. Pero todo aquello murió hace muchísimo tiempo. Ahora vivo entre las sombras. Y es que una envejece, y entonces ya no vale una mierda; enseguida te canjean por un querubín en la flor de la vida. Sé lo que hace todas las noches; lo sé desde aquella noche de Navidad que fue muy distinta a todas las otras; y él sabe que yo lo sé. Sí, él es de otra, como antes de mis besos. A pesar de todo me consuela, precisamente porque lo quiero, que no me haya abandonado del todo. Pero el día en que lo haga pagará por ello. ¡Vamos que si pagará!, aunque, al poco tiempo, tenga que cortarme las venas».

Él recogió los bártulos y entreabrió la puerta, dándole la espalda temerariamente al Engendro, que, agazapado en las sombras, rehuía la luz de la bombilla porque sabía que ésta dominaba perfectamente el arte de perfilar su silueta. Él tenía que salir y meditar; tenía que escapar de aquella atmósfera opresiva y trazar un plan de acción; tenía que sentarse en una silla y decidir si su futuro discurriría entrelazado al de Lucía o si, por el contrario, serían ambos dos líneas paralelas que no llegarían a juntarse nunca. Pero su precipitada salida (solía intercambiar algunas palabras con la Criatura durante sus visitas) fue abortada por una voz entre la vida y la muerte, una voz cavernosa, profunda, aguardentosa, que sonaba a ramas rotas y a huesos destroncados:

—¿TE VAS A IR SIN DIRIGIRME LA PALABRA? ¿HASTA ESE PUNTO HEMOS LLEGADO?

Él, con un brusco golpe, cerró la puerta que había entornado. Soltó los bártulos, empuñó el rifle y, encolerizado, corrió hasta el centro de la jungla, representado por el círculo de luz que proyectaba la bombilla.

—¡Maldita sea! ¡Crees que estás en condiciones de reprocharme nada! ¡Piensas que te voy a consentir numeritos como el que me acabas de montar con el gato!

—NO ME LEVANTES LA VOZ. NO TOLERO QUE ME FALTES AL RESPETO. HASTA AHÍ PODRÍAMOS LLEGAR.

—¡No te mereces que te hable de otro modo! ¡No te mereces que yo esté sacrificando mi vida de esta manera!

—VALIENTE SINVERGÜENZA… MIRA A TU ALREDEDOR. MIRA LO QUE HAS HECHO CON NUESTRO HOGAR. MIRA EN QUÉ HAS CONVERTIDO NUESTRA RELACIÓN.

Él permaneció unos segundos pensativo y luego contestó:

—De acuerdo, reconozco que yo tengo algo de culpa en todo esto. Pero eso no cambia las cosas. Tú no vas a dejar por ello de ser lo que eres.

—¿Y QUÉ SOY, CARIÑO? ¿QUÉ ES LO QUE SOY?

—Eres un monstruo. Eres una criatura inhumana que me está amargando la vida.

—ESTÁS CIEGO. NO VES MÁS ALLÁ DE TU LOCURA. SOY LA DE SIEMPRE. SOY LA DE ANTAÑO.

—Yo no recuerdo un día, desde aquella noche de Navidad, en el que tú no fueras el monstruo que ahora eres.

—NO LO SERÍA SI NO TE HUBIERAS MARCHADO AQUELLA NOCHE. TE MARCHASTE PARA CAMBIARME POR OTRA. SIEMPRE LO HE SABIDO.

Las sabias palabras de la Criatura Monstruosa lo obligaron, nuevamente, a recapacitar.

—Vale, cometí un error. He sabido esta misma tarde que quizá yo sea el culpable de lo que eres. Pero ¿y qué? A estas alturas, importa poco. Eso, como ya te he dicho, no cambia las cosas.

—TE EQUIVOCAS. EN REALIDAD, YO NO HE CAMBIADO. EL QUE HA CAMBIADO ERES TÚ. ¿QUÉ ME DICES DE CUANDO ME BESABAS, DE CUANDO ME HACÍAS EL AMOR Y ME DECÍAS COSAS DULCES AL OÍDO? ¿ESO NO CUENTA PARA TI?

—¿Eso hacía? No, no puede ser. Eres un monstruo. Siempre lo has sido.

—TE ENTREGABAS A MÍ EN CUERPO Y ALMA Y YO TE CORRESPONDÍA. NOS AMÁBAMOS TANTO… ¡QUÍTATE ESE MALDITO VELO QUE TE CONFUNDE, CARIÑO! ¡NO TE DAS CUENTA DE QUE TUS PALABRAS SON CONTRADICTORIAS! ¡SI TÚ MISMO LO HAS DICHO: TODO COMEN-

ZÓ AQUELLA FATÍDICA NOCHE DE NAVIDAD! ¡ENTONCES HUBO UN ANTES, UN TIEMPO DE FELICIDAD! ¿NO LO RECUERDAS?

—Un tiempo de felicidad, dices. Entonces, ¿eras tú? ¿Tú y yo?

—SÍ, CARIÑO, LOS DOS COMO SI FUÉRAMOS UNO.

—¡No, imposible! ¡Eres una arpía! ¡Me estás enredando! ¡Tratas de confundirme! ¡Pero no te saldrás con la tuya!

—TE ESTÁS VOLVIENDO LOCO. ESA MUJER TE ESTÁ VOLVIENDO LOCO. YA NO SABES DISTINGUIR ENTRE PASADO Y PRESENTE, REALIDAD Y FANTASMAGORÍA. TIENES LA MEMORIA Y LA PERCEPCIÓN ATROFIADAS. NECESITAS AYUDA PSICOLÓGICA. AUNQUE BASTARÍA CON QUE LO DESEARAS PARA QUE ESTA PESADILLA SE DESHICIERA. PERO NO QUIERES. NECESITAS QUE YO TE AYUDE A DESEARLO.

El Engendro abandonó la cobertura de los arbustos y se acercó, con movimientos ágiles, a la porción iluminada de selva donde él, desquiciado y tembloroso, imprimía carácter al cañón de su rifle.

—¡No sigas! ¡No me vas a camelar con tu verborrea! ¡Si das un paso más te frío a balazos, bicho inmundo!

Ella no había cambiado nada desde la última ocasión en que él la había visto al descubierto. Su cuerpo, parecido al de un canguro encorvado, estaba formado por dos extremidades alargadas y puntiagudas que le permitían desplazarse a grandes zancadas; por dos apéndices superiores, articulados y estriados, que cobraban, en su punta, la forma de dos guadañas que apuntaban hacia el suelo; por un tronco alargado como una gigantesca judía; por una cabeza alopécica y abollada; por unos ojos vidriosos y unos pómulos prominentes. Estaba cubierto su cuerpo, además, por una piel leguminosa y áspera, verdosa como la savia, que le proporcionaba la capacidad de mimesis de lo que, en resumidas cuentas, era: un insecto gigante, carnívoro y femenino, que llevaba inscrito en los genes el impulso irrevocable del parricidio.

—DEJA ESE RIFLE Y TÓMAME. HAZME EL AMOR Y TODO VOLVERÁ A SER COMO ANTES.

—¡No te acerques más, te lo advierto! —disparó al aire para hacerse entender—. Este es el final del camino. Me voy con ella a empezar una nueva vida. Y no dudaré en matarte si te interpones entre nosotros.

—DÉJATE LLEVAR, CARIÑO. BÉSAME, ACARÍCIAME, POSÉEME Y TE OLVIDARÁS DE ELLA PARA SIEMPRE. CONTAMOS CON TODO ESTE MUNDO PARA NOSOTROS.

La Criatura declinó la cabeza y, con la ayuda de las guadañas, introdujo, en su boca de arados oxidados y saliva corrosiva, el cañón del rifle, que se habría derretido, como un flan expuesto a los ardores de una lumbre, si el que lo empuñaba no lo hubiera extraído a tiempo. Acto seguido, él colocó el cañón del rifle en el entrecejo (aunque no tenía cejas) de la Criatura, pero fue incapaz de disparar: su terrorífica presencia –más cercana de lo que nunca la había sentido– y sus pretensiones de cópula, lo subyugaban. La Criatura aprovechó su indeterminación para arrebatarle el rifle con un golpe certero de sus guadañas; el arma cayó a un metro de distancia de los contendientes.

—¿QUÉ VAS A HACER AHORA? NO TIENES ALTERNATIVA. ARRODÍLLATE Y PÍDEME PERDÓN POR TODO LO QUE ME HAS HECHO. DIME QUE ESTÁS ARREPENTIDO, QUE, A PARTIR DE AHORA, TODO SERÁ DISTINTO. PÍDEME PERDÓN Y YO TE PERDONARÉ PORQUE TE QUIERO CON TODA EL ALMA. ¡TE HE AÑORADO TANTO DURANTE TODO ESTE TIEMPO!

—¡Y una mierda! —reaccionó él, dándose la vuelta e iniciando la huida; pero Ella lo agarró del cuello con sus guadañas y lo atrajo hacia sí.

—NO ESCAPARÁS. NO TE LIBRARÁS DE MÍ TAN FÁCILMENTE. RELÁJATE, CARIÑO. MÁS ADELANTE ME DARÁS LAS GRACIAS. EN EL FUTURO, NOS REIREMOS DE TODO ESTO.

La Criatura lo derribó de un delicado pero efectivo empujón y, mientras lo inmovilizaba con una de sus patas traseras, le hizo trizas el pantalón; los calzoncillos, sin embargo, se los bajó con comedimiento fetichista; los deslizó por sus piernas, erizándole el vello, hasta los tobillos; después los alzó, prendidos de la punta de una de sus guadañas, a la altura de su cabeza, y, contoneándose de placer, impregnó su olfato de los efluvios varoniles que desprendía la prenda de algodón. Seguidamente, las piernas de la Criatura se abrieron y sus guadañas presionaron el pecho de un hombre que agitaba los brazos desesperadamente. Ella restregó los labios de su vagina contra el pene flácido de su víctima, hasta que éste alcanzó la rigidez necesaria; fue entonces cuando aquella ranura vegetal se abrió como un capullo, descubriendo las profundidades cavernosas de una coliflor de pétalos como lijas. La Criatura danzaba sobre unos muslos enrojecidos; aullaba de placer a medida que se sucedían los orgasmos (los orgasmos de los insectos son como la ráfaga de una ametralladora). Sus movimientos sonaban como pisotones en un charco.

Él, mientras tanto, buscaba torpemente el oxígeno que el peso de aquella bestia le sustraía; había perdido la sensibilidad en su órgano genital, que presentaba cortes y magulladuras que derramaban la sangre por su ingle; su cara recibía los espumarajos cáusticos de la Criatura, que lo miraba con ojos de lujuria. Sabía que iba a morir, pues Ella, una vez consumada la cópula, por mucho que le doliera desprenderse de lo que más quería, no podría renunciar a su naturaleza. No era el final que él prefería, pero se trataba de una cuestión de supervivencia. Sí, era una cuestión de supervivencia, aunque las sirenas azules de la Justicia no le consintieran, más tarde, una justificación tan banal.

Aprovechando, pues, que la Criatura alzaba la cabeza y cerraba los ojos, extendió el brazo derecho y consiguió aferrar el rifle. Le descerrajó cuatro tiros en la frente. El Engendro se desplomó. Él, aunando todas sus fuerzas, logró desembarazarse de su cuerpo grumoso. Ya no le cabía la más mínima duda: Ella no era inmortal.

* * *

Desde una de las ventanas del patio de luces, una voz exclamó:

—¡Qué es lo que pasa, Conchi! ¡He oído tiros! ¡Contéstame, por Dios! ¡Voy a llamar a la policía!

La intrusa

Aunque era el mismo edificio, había cambiado subs-tancialmente; en esta ocasión, estaba vivo: se había despojado de aquel velo que confería a sus cimientos la consistencia de un espejismo; la fachada había mudado sus colores desgastados por otros más definidos y contun-dentes; sus pétreas paredes expelían ahora, como la arena marina, el calor acumulado durante las horas diurnas. El edificio, como todos los que lo rodeaban, se alzaba sobre su cabeza con una majestuosidad de la que antes carecía. El edificio sudaba, respiraba: estaba vivo. Tan vivo como el asfalto que lo sustentaba, como el cielo que lo goberna-ba, como la noche profunda que lo ennegrecía.

Así lo percibía la intrusa, para la cual, desde hacía varias semanas, la realidad que conocía había sufrido una serie de alteraciones que todavía no acababa de asimilar. Todo había comenzado en la mañana posterior al rechazo definitivo de Félix. Aquella mañana se había desperta-do en el lecho de su habitación invadida por una extraña sensación de mutabilidad: la suavidad de las sábanas se había intensificado; el aire que respiraba, frío y eléctrico, oxigenaba sus pulmones como nunca lo había hecho; los objetos, además de mostrarse con una definición exacta y exuberante, eran más pesados; los colores, antes brumo-sos, refulgían; en su cuerpo había descubierto, asimismo, matices que antes era incapaz de apreciar. Aquella sensación de mutabilidad se había extendido, a partir de entonces, más allá de la reducida realidad de su hogar. De todas formas, le atribuía la culpabilidad de su disfunción perceptiva a la intensa ansiedad que el rechazo de Félix le había provocado. Tenía pensado ponerse en manos de un psiquiatra cuando todo acabase, en manos de un especialista cualificado que la liberase, por un lado, de aquella inédita sensación de realidad exacerbada; y, por otro, del amargo recuerdo de Félix. Pero antes debía fraguar una venganza que la redimiera de la humillación a la que había sido sometida. La escena que el cabrón de Félix le había montado en el plató de televisión, para deleite del morboso público, había sido la gota que colmaba el vaso.

La puerta metálica que daba acceso al edificio estaba entreabierta. La intrusa avanzó por el portal confundida con la penumbra, que era ahora más negra que en sus dos visitas anteriores: aquella noche de placer que compartió con Félix y aquella otra en la que éste se desprendió de su máscara. La intrusa prescindió de la luz de los fluorescentes. Cuando el dedo gordo de su pie derecho –que sobresalía por la hendidura del zapato veraniego– rozó el primer escalón, un escalofrío inédito recorrió todo su cuerpo; la barandilla, rígida y fría –la recordaba tenue y escurridiza–, le sirvió de lazarillo durante la ascensión. Se detuvo en el primer rellano y, mientras se acercaba a la tercera puerta, escudriñó el interior de su bolso: palpó el pedazo de algodón, el tapón de la botella de cloroformo, el mango de la navaja, los guantes de terciopelo y, al fin, los dientes metálicos de las llaves. La cerradura cedió.

102

La intrusa cerró la puerta con suma delicadeza, dejó sus veraniegos zapatos junto al paragüero del recibidor y, prescindiendo de la luz de los apliques (por precaución y porque la luz hería sus pupilas sobremanera desde hacía varias semanas), discurrió descalza por el pasillo, atravesó el salón y se detuvo ante la habitación en la que debía de estar durmiendo Félix. Extrajo del bolso el algodón y la botella de cloroformo y, tras enfundarse los guantes de terciopelo y proteger sus ojos con unas gafas de sol, vertió el líquido sobre el pedazo de algodón. Entonces penetró en la habitación, blandiendo en la mano derecha el linimento de los sueños profundos, mientras que, con la otra mano, buscaba a tientas la mesita de noche. Cuando dio con ella, accionó el interruptor de la lamparilla y, en cuanto los haces de luz dibujaron, sobre la almohada de su lecho, las facciones de Félix, se precipitó sobre él y le taponó la nariz con el algodón. El hombre apenas resurgió de su sueño para sumergirse en otro mucho más profundo. Una vez que la intrusa se convenció de que Félix ya no podría perturbar el desarrollo de su plan, abrió el cajón de la mesita de noche, de donde sacó, acometida por la euforia, el único objeto que podía explicarle por qué aquel hombre la había tratado de un modo tan cruel: su diario. Félix era un escritor de vocación que, tal vez porque carecía del talento necesario, se dedicaba exclusivamente a escribir sobre su propia vida.

La intrusa se sentó en el borde de la cama y abrió el diario por la última página manuscrita: ésta formaba parte de una composición que había sido escrita el 20 de julio de 1997, es decir, el día anterior al presente; seguramente hablaba de lo que había acontecido en el programa de televisión. Reservó la lectura de esa parte para el final y continuó retrocediendo por el diario, descartando páginas que versaban sobre temas intranscendentes, hasta que dio con una composición que, según lo que indicaba la fecha –3 de julio del 97–, había sido escrita tres días después de que Félix le dejara las cosas claras. El texto no podía comenzar de una forma más sugerente:

3 de julio de 1997

Después de las emociones de esta última semana, creo que ya es hora de poner por escrito un pensamiento que, desde hace mucho tiempo, me viene rondando por la cabeza: mi vida onírica es mucho más intensa y prolija que mi vida real. Así es. No me cabe duda. Aunque resulte ridículo, no hay momento en que me sienta más vivo que cuando me sueño a mí mismo. Mis amigos opinan que nunca llegaré a ser un buen escritor porque soy incapaz de escribir obras que no sean autobiográficas. «Eres un simple escritor de memorias», me dicen. Y tienen toda la razón del mundo: mi producción literaria se reduce a media docena de diarios como este. Pero me estoy desviando del tema de los sueños. ¿Que qué tiene que ver mi vida onírica con la incapacidad para escribir verdaderas ficciones?; pues creo que tiene mucho que ver. Por alguna razón que aún no he determinado, en las horas de consciencia –normalmente diurnas– mi fértil imaginación, mi gran capacidad fabuladora permanece inacce-

sible, recluida en el rincón más profundo de mi cerebro; sin embargo, cuando cae la noche y el cansancio relega mi cuerpo al estado de inconsciencia por antonomasia – es decir, el letargo–, entonces la dama de la imaginación abandona su refugio y comienza a proyectar, en mis ojos que miran hacia el interior, una película cinematográfica de la que yo soy, en unas ocasiones, el protagonista; y, en otras, un mero espectador. Conclusión: la musa de la imaginación, después del esfuerzo realizado durante el sueño, aprovecha las horas de consciencia para ocultarse y recuperar fuerzas; por eso no puedo acceder a sus servicios cuando me enfrento al papel en blanco. Por eso, en definitiva, nunca seré capaz de escribir verdadera literatura. Como solución a mi problema, se me ha ocurrido que, si alguna vez yo fuera capaz de controlar el contenido y desarrollo de mis sueños, podría soñar todas las noches que escribía una novela y, en cuanto despertase, copiar con la mayor exactitud posible todo lo que hubiera escrito en mis sueños. Pero creo que eso sería tan disparatado como pretender construir una máquina para viajar en el tiempo. En fin, no importa, ya he asumido que no puedo dedicarme a la literatura. Afortunadamente, me quedan los sueños. Y no es poco. Ellos me dan todo lo que no me proporciona la vida real (aunque no ha llegado, todavía, el sueño en el que me convierto en un escritor famoso).

Los sueños... He escrito mucho en mis diarios sobre ellos; de hecho, los he traspasado al papel con todo lujo de detalles. Mis sueños pueden clasificarse en dos grupos: en primer lugar, los que me tienen a mí como protagonis-

ta, los que recrean un mundo emocionante en el que yo me desenvuelvo; en segundo lugar, los sueños en los que yo soy el espectador de una relación entre terceros. Estos últimos, menos frecuentes que los otros, acostumbran a tener un final macabro. Pero eso no es lo peor; lo peor es que son pesadillas cuyos acontecimientos, cuando despierto, tienen correspondencia con hechos del plano real. Pondré un par de ejemplos:

En una ocasión soñé con un hombre que, instalado en un apartamento de una localidad costera con el fin de preparar unas oposiciones a la Administración Pública, se enamoraba de la vecina del edificio de enfrente, a la que, a todas horas, contemplaba con unos prismáticos desde su balcón; el hombre, desde su observatorio, terminaba asistiendo a un doble asesinato: el de la vecina y su acompañante. Cuando desperté de este sueño, yo estaba en la cama de un apartamento de Cambrils, junto a mi novia –la única que he tenido en el plano real. El ruido de las sirenas de una ambulancia era lo que me había despertado. Me puse un pantalón y me asomé a la barandilla de la terraza, desde donde divisé, aparcados en la acera del edificio de enfrente, dos coches de la policía y la ambulancia que me había despertado. Al día siguiente, una emisora de radio local dio la noticia: un hombre y una mujer menores de treinta años habían sido asesinados en su apartamento de Cambrils mientras, al parecer, disfrutaban de una cena romántica; el hombre presentaba cinco cuchilladas en el pecho, mientras que la mujer había sido violada y degollada o, tal vez, degollada y violada (el informe del forense determinaría en qué orden se habían producido los delitos). *Cuando conocí la noticia, un escalofrío me recorrió la espina dorsal; pensé inmediatamente en mi sueño y en el hombre enamorado que, en el plano onírico, había asistido al doble asesinato. ¿Y si yo era ese hombre? ¿Y si mi sueño me había convertido en el único testigo de un crimen real? ¿Por qué, entonces, no recordaba el rostro del asesino? Lo que soñé al día siguiente de haber escuchado en la radio la noticia del doble crimen hizo de todas estas preguntas un enigma irresoluble: soñé que el hombre de los prismáticos —ese hombre que podría ser yo— escribía una carta en la que, tras un circunloquio narrativo, se reconocía culpable del doble crimen de la más sutil de las maneras. Aquello me sobrecogió. ¿Qué era lo que yo debía interpretar? Reconozco que, no sé con qué extraña idea rondándome por la cabeza, busqué aquella carta en mis diarios. No la encontré. No la encontré, sin duda, porque, a pesar del tiempo transcurrido, ahora mismo sería capaz de reproducirla en este diario palabra por palabra, sin cometer ni un solo error. Desde entonces, me he propuesto no seguir indagando en algo que no tiene explicación.*

El segundo ejemplo es tremendamente complejo, así que me limitaré a resumirlo: soñé con un hombre maduro que convivía con un insecto gigantesco que estaba, desde hacía mucho tiempo, enamorado de él. Este hombre, a su vez, mantenía una relación clandestina con una joven a la que había conocido en la oficina en la que ambos trabajaban; la joven lo presionaba para que se casaran; y él —que, en lugar de hablarle del insecto que lo retenía, le había dicho que ya estaba casado— le decía que de momento no podía ser; pero la joven le dio un ultimátum: «O ella o yo»; al final, el hombre resolvió enfrentarse a la criatura monstruosa; pero ésta no aceptó que él la abandonara por una mujer joven y estalló en cólera; el hombre, que vio peligrar su vida, le descerrajó cuatro tiros en su gigantesca cabeza de insecto. Cuando desperté de este sueño surrealista, yo estaba en la cama de mi casa de la ciudad. Me dio tiempo a escuchar el último disparo. La policía no tardó en llegar. Uno de los vecinos del bloque acababa de coser a tiros a su mujer. En los días sucesivos, se rumoreó que el homicida tenía una amante, de nombre Lucía, a la que había conocido en la oficina en la que ambos trabajaban. Otro enigma más.

Afortunadamente, este tipo de sueños anticipadores no me asaltan con demasiada frecuencia. Prueba de ello es que, desde hace más de un año, ninguna de mis fantasías oníricas se ha infiltrado en la realidad.

La intrusa retiró la mirada del diario. Volvió la cabeza para cerciorarse de que Félix continuaba durmiendo. No era un hombre de físico agraciado, pero sí el único que –aunque solo durante una noche– había tenido en cuenta su cuerpo de mujer; pero después de aquella noche su indiferencia y su cinismo la convirtieron en la mujer más desgraciada del mundo. Se preguntó, estimulada por la lectura del diario, si Félix estaría soñando en ese momento, si sería capaz de predecir, secundado por uno de esos sueños anticipadores de los que hablaba en su diario, el futuro que ella le tenía reservado. Sí, acababa de descubrir su obsesión por los sueños, una obsesión que quizá dotaba de sentido a su comportamiento, pero que, de todos modos, no lo justificaba; una obsesión que, si bien parecía tener su origen en la locura, no la disuadiría de hacer lo que, impelida por el odio y la frustración, se había propuesto hacer.

Ensalivó el pulgar de su mano izquierda (su piel, antes insulsa, tenía ahora un sabor entre amargo y salado) y pasó la página del diario. Leyó algunos párrafos por encima (más disertaciones sobre los sueños) y se detuvo en uno más escueto que el resto. Respiró profundamente y, a continuación, se concentró en la lectura:

Mi última aventura onírica, que ocupó las noches de los días 28, 29 y 30 de mayo, comenzó con una borrachera de la que luego tuve que arrepentirme. Pero creo que supe estar a la altura de las circunstancias. Si me he decidido a redactarla, desde el principio hasta el final, es porque, en los últimos tres días, el sueño no ha tenido continuidad. Doy por hecho, por tanto, que éste encontró su final en la dramática escena que mi imaginación onírica reprodujo la noche del 30 de junio. Este es el relato de los hechos tal y como mi prodigiosa memoria los ha conservado:

LA NOCHE DEL 28 DE MAYO soñé que caminaba por una angosta callejuela sepultada por la oscuridad y por una humedad terca y pegajosa que se adhería a mi

piel como una lapa a la roca. La tenue luz de las faro-
las me iba dibujando, a cada paso, las sinuosidades de
la calzada, las rejillas oxidadas de las alcantarillas, las
cuchillas pétreas de las esquinas. A mi alrededor, todo se
tambaleaba como agitado por un terremoto silencioso,
un terremoto que hacía que yo me bamboleara como un
péndulo desorientado (el universo onírico es, ya de por sí,
un universo ondulante, pero aquella agitación del entor-
no era exagerada). De repente, unos ardores bulliciosos
se manifestaron en mi estómago, una ráfaga de arca-
das trepó por mi garganta e, inmediatamente, mi lengua
asimiló el sabor del alcohol regurgitado. Supe entonces
que la agitación estaba en mi cabeza y no en el entor-
no, que todo era producto de una borrachera de cuya
gestación no guardaba recuerdo. Vomité en un meandro
de la calzada, agazapado en las sombras; allí me quedé,
inmóvil, durante algunos minutos, recuperando el aliento
entre convulsiones que me llenaban la boca de bilis. Me
levanté reconfortado y seguí el trayecto zigzagueante que
me marcaba la callejuela (una callejuela que, todo hay
que decirlo, me resultaba desconocida), con la esperanza
de que desembocara en un paraje de escaparates lumi-
nosos, árboles en fila india y semáforos intermitentes; y
así fue: tras muchos virajes y un breve descenso en línea
recta, el final de la callejuela me abrió las puertas de una
avenida con sus árboles, semáforos y escaparates lumi-
nosos. Al otro lado de la avenida, el rótulo iluminado de
un bar de copas llamó mi atención. Sin demora, cubrí
la distancia que me separaba del local (debí de cruzar
la calzada con el semáforo en rojo, porque recuerdo el

chirrido de unos neumáticos y una voz que derramaba improperios en el aire). Antes de entrar, busqué mi billetera en el bolsillo interior de mi americana.

Aquel era un bar superlativo, un bar especialmente diseñado para adolescentes dipsómanos, ludópatas e internautas (por lo visto, en mi sueño la legislación era muy permisiva con los menores). Así lo demostraba la acertada distribución de los espacios: la barra americana atravesaba tres salas independientes, separadas por tabiques de cristal, a las que se accedía por unas puertas de aluminio. Desdeñé la primera sala, pues temía que los desorbitados adolescentes, que buceaban en marismas de alcohol, me contagiaran su entusiasmo; tampoco me interesaron los billares, futbolines y máquinas tragaperras que atestaban la segunda sala; el murmullo que se propagaba por la tercera me sedujo: su principal atractivo lo constituían las elegantes mesas, que, rodeadas de acogedores sillones acolchados, ofrecían, además de un pequeño espacio para depositar las bebidas, un ordenador y un teléfono. Busqué una que estuviera vacía y me desparramé en el sillón. En el marco superior de la pantalla del ordenador –que estaba apagado– había un letrero que decía: «Acceso a Internet»; junto al teléfono, un folleto que mostraba un plano de la sala y el número de teléfono asignado a cada una de las mesas. Fue entonces cuando me di cuenta de que aquella sala era un espacio reservado al ligue. Alcé la cabeza –martirizada por un dolor agudo– y observé el panorama: los sillones de cada parcela estaban ocupados o bien por grupitos de emperifolladas mujeres (mejor dicho, proyec-

tos de mujer), o bien por grupitos de atildados hombres (proyectos de hombre) cuyo atrevimiento casi obsceno se adivinaba en sus rostros. Por mediación de los teléfonos, se cortejaban los unos a los otros con técnicas que, de parte de los proyectos de mujer, recurrían a la suspicacia y la evasiva; y, de parte de los proyectos de hombre, a la fanfarronería y el exabrupto. Estaba yo absorto en estas observaciones cuando una voz servicial me interpeló:

—¿Qué va a ser, señor?

—Una tónica y un poco de bicarbonato disuelto en agua, si es tan amable.

—No sé si habrá bicarbonato. Miraré a ver. ¿Desea algo más?

—No, gracias.

—Bien, enseguida se lo traigo. Si lo desea, puede utilizar el teléfono. Es gratuito; el acceso a internet son quinientas la hora.

—No, no —contesté—. Tengo el estómago revuelto. Si me trae el bicarbonato seré el hombre más feliz del mundo.

En cuanto el camarero se fue a la barra, cerré los ojos y respiré profundamente con el objetivo de reprimir las náuseas. Entonces sonó mi teléfono. Una vez. Dos veces. Tres veces. Cuatro veces. Cinco veces. No pude soportarlo más y, inclinándome hacia delante, lo descolgué; dejé el auricular sobre la mesa y me recosté de nuevo en el sillón acolchado. Desde el auricular, una voz de mujer (no parecía la voz de un proyecto de mujer) me incitaba a entablar diálogo: «Oye, ¿me escuchas? Te estoy viendo. ¿Quieres coger el teléfono? Venga, hombre, no seas muermo. ¿No me vas a dar una oportunidad? Tienes mala cara. ¿Es que no te encuentras bien? Yo conozco un remedio para todos los males. ¡Venga, tío, coge el teléfono de una puñetera vez!». Al final me decidí a cogerlo, porque, de lo contrario, la perseverancia de aquella voz de mujer terminaría agravando mi dolor de cabeza.

—Qué es lo que quieres.

—¡Menos mal! Nada, charlar un poco.

—Mira, mejor en otra ocasión. —No suelo rechazar la invitación de una mujer, y mucho menos en el plano onírico; pero me encontraba demasiado abatido—. Tengo el estómago un poco revuelto, ¿sabes?

—No creo que la casualidad nos dé otra oportunidad, cariño. Ya se te pasará el dolor de estómago. No te preocupes por eso.

A pesar de mi lamentable estado, el mensaje implícito en las palabras de aquella mujer me obligó a replantearme la situación. Durante algunos segundos me mantuve en silencio, tratando de encontrar la contestación que, dadas las circunstancias, más me convenía; pero ella se me adelantó:

—Cuelga el teléfono, que voy para allá.

En cuanto llegó, me enamoré de sus tetazas (llamar a aquello 'pechos' sería una tremenda equivocación; eran melones, sandías, calabazas); el resto de su cuerpo, sin embargo, era material de desecho.

—Qué tal, me llamo Mónica. —Me apoyó los brazos en los hombros y se agachó para darme dos besos en las mejillas. Fue muy agradable sentir cómo sus enormes melones rozaban mi pecho. Creo que me curó de todos mis males—. ¿Es aquí donde te duele? —me acarició la barriga.

—Sí, pero por dentro. Créeme, no hay nada que puedas hacer para aliviarme. Mira, ahí llega mi lenitivo.

El camarero dejó sobre la mesa la tónica y el vaso con el bicarbonato. Para ahorrarme más molestias, le pagué de inmediato con un billete de mil pesetas. Me dio el cambio allí mismo y, a continuación, nos devolvió la intimidad.

—¿Qué es eso? —me preguntó Mónica, señalando el vaso de transparencia grisácea.

—Bicarbonato.

—¿Para tu estómago revuelto?

—Ajá —afirmé, y me tomé el bicarbonato de un sorbo.

A partir de ese momento, Mónica, respaldada por el poder hipnótico que sus enormes sandías ejercían sobre mí, supo atraparme en sus redes con palabras inteligentes y una estrategia de gestos que no presentaba fisuras. (Aunque tenía una nariz corva y un cuerpo escuchimizado, sabía utilizar con tino las pocas armas de mujer que le había concedido la naturaleza). Remató la faena con la siguiente proposición:

—¿Qué te parece si vamos a tu casa?

—Por qué no, preciosas —me dirigí a sus tetazas.

Lo último que recuerdo es que cogimos un taxi. Aunque sé, por lo que soñé en noches posteriores, lo que ocurrió en mi casa, no dispongo de los detalles. Es realmente triste saber que saboreé aquellos melones y, sin embargo, no poder recordarlo. Así de desconsiderado es el mundo de los sueños.

La intrusa le propinó un puñetazo al diario: las hojas que estaba leyendo se arrugaron. El muy cerdo se había estado riendo de ella en todo momento; no solo la había ridiculizado en público, sino que también se había preocupado de dejarlo todo por escrito. Que Félix considerara que lo que había ocurrido entre ellos formaba parte de un sueño –algo parecido le había dicho en el plató de televisión– era una tremenda bajeza. Eso le demostraba hasta qué punto Félix la consideraba insignificante, hasta qué punto había obrado de mala fe desde el principio, quizá con la intención –cómo no se le había ocurrido antes– de recopilar material verídico para sus estúpidas creaciones literarias. El hombre que había escrito aquellas páginas se le revelaba como un ser cínico sin escrúpulos, un ser que la había utilizado para llenar de estupideces las hojas de su diario. Pero ¿y si realmente Félix creía que todo había sido un sueño? ¿Y si era realmente un hombre que había perdido el juicio? En cualquiera de los dos casos, era un hombre que la había menospreciado como mujer. La intrusa siguió leyendo:

LA NOCHE DEL 29 DE MAYO soñé que me encontraba en mi casa de la ciudad fregando los platos y que, de repente, sonaba el teléfono. Cerré el grifo, me sequé las manos con una bayeta, atravesé la cocina, entré en el salón y, finalmente, descolgué el teléfono (recuerdo esta trayectoria con total nitidez). Fui recibido, al otro lado de la línea, por una entusiasta voz de mujer:

—Hola, cariño. Soy Mónica. ¿Te acuerdas de mí?

Si he de decir la verdad, no me acordaba de ninguna Mónica (no se acordaba el personaje de ficción que protagonizaba mi sueño —mi 'alter ego' en el plano onírico—, pero yo, aletargado en mi lecho, recordaba perfectamente a aquella mujer y, con especial detalle, la exuberancia de sus melones tropicales; aunque no recordaba, como mi 'alter ego', lo que había acontecido en el sueño anterior después de que Mónica y yo abandonáramos el bar de los adolescentes. (Antes de continuar, creo conveniente aclarar un pormenor del que, hasta ahora, no he dado cuenta en mis diarios: cuando una persona sueña con uno mismo, su yo se escinde en dos individuos que participan del sueño de manera diferente. Está, de una banda, el yo-protagonista; de otra, el yo-espectador. La forma de actuar del primero en una situación determinada, dada su condición de personaje de ficción, puede no coincidir con la que elegiría el segundo para esa misma situación; asimismo, el segundo, como no es más que un mero espectador de la ficción, no puede intervenir ni modificar las acciones del primero. Este relato, naturalmente, forma parte de la memoria del yo-espectador, pero relata las peripecias del yo-protagonista). En fin, le hice saber a aquella mujer que no me acordaba de ella:

—¿Qué Mónica?

—¿Cómo que qué Mónica? La otra noche, en tu casa… ¿Tan pronto te has olvidado de mí?

Recapacité durante unos segundos y entonces me acordé de que, hacía un par de días, me había despertado con resaca ni más ni menos que a las doce y media del mediodía (soy una persona madrugadora). ¿Y si habíamos pasado aquella noche juntos? Para confirmar mis sospechas, le seguí el juego a la tal Mónica:

—¿Estuviste en mi casa?

—Pues sí. —Su voz había perdido el entusiasmo inicial.

—¿Y pasó algo?

—Hicimos el amor y me prometiste unas cuantas cosas. —Por el tono que empleó, deduje que comenzaba a enfadarse.

—No sé, chica, qué quieres que te diga…

—Espero, por el bien de los dos, que todo esto no sea más que una broma de mal gusto.

La situación me pareció interesante: o bien me había acostado con una mujer de la que no guardaba recuerdo, o bien una mujer estaba empleando una extraña artimaña para, precisamente, lograr acostarse conmigo. (Mientras el yo-protagonista pugnaba con su incertidumbre, el yo-espectador pensaba lo siguiente: «¡Pero serás tonto! ¿No te das cuenta de que es la tía que conociste en aquel bar cuando ibas medio borracho! ¡Pasa de ella, tío, que es más fea que Picio! ¡Las tetas es lo único que tiene bien puesto! ¡Venga, dale esquinazo!»). Decidí descubrir cuál de las dos posibilidades era la acertada. De modo que saqué a la tal Mónica de su apuro:

—Pues claro que es broma, mujer. ¡Cómo no me voy a acordar de ti!

—¡Tendrás poca vergüenza! Me has dado un susto de muerte, Félix.

—Ah, ¿pero te lo habías creído? —Pensé que mi madre tenía mucha razón cuando me decía que lo mío era la interpretación.

—Pues sí. Ya veo que te gusta el cachondeo.

—Y a quién no. Bueno, dime, qué es lo que querías.

—He estado pensando en lo que me propusiste y, aunque así de pronto parece una locura, creo que sí, que podríamos intentarlo. No he dejado de pensar en ti ni un solo momento, cariño.

«¿Qué será lo que le propuse?», pensó mi yo-protagonista. «¿Qué será lo que le propuso?», pensó, asimismo, mi yo-espectador. El primero resolvió no hacerle explícita su duda a la tal Mónica.

—Yo también te he echado mucho de menos.

—¿Por qué no quedamos en algún sitio y así concretamos las cosas? Tengo muchas ganas de verte —dijo la conocida-desconocida.

Sin titubeos, puse en marcha una clásica estrategia muy propicia para estos casos: la cité en una cafetería céntrica –alejada de mi piso– y le dije que me satisfaría mucho que se recogiera el pelo en un moño y llevara puesta una blusa blanca. Ella, que seguramente creyó descubrir en mi petición un atisbo de fetichismo, accedió sin más:

—Lo que tú digas, cariño.

Acudí a la cita a ciegas impelido por el gusanillo de la curiosidad (mientras tanto, mi yo-espectador se lamentaba de la decisión de mi yo-protagonista). Trataré de narrar el episodio con la mayor brevedad posible (pues lo breve merece un tratamiento breve): cuando llegué a la cafetería y, al echar una ojeada a través del cristal de la puerta, descubrí, expectante en una de las mesas, un adefesio con dos tremendas chirimoyas en el tórax, con una blusa blanca que las resaltaba y con un ridículo moño que le coronaba la cabeza, no me lo pensé dos veces y salí de allí pitando. Una de dos, o aquella mujer me había mentido sobre nuestra relación para tratar de engatusarme, o decía la verdad y, por consiguiente, el alcohol había cegado mis sentidos durante aquella supuesta noche de lujuria. En cualquier caso, no le di más vueltas al asunto. Me hice a la idea de que aquella mujer no existía. Pero Mónica no estaba dispuesta a esfumarse, como lo demuestra el hecho de que el teléfono de mi domicilio no parara de sonar en toda la tarde-noche. Al final tuve que desconectarlo. Al día siguiente, entrada ya la tarde, conecté el teléfono de nuevo y contesté la primera llamada que se produjo (pues no podía permanecer por más tiempo incomunicado):

—Sí, dígame.

—¡Pero bueno, tú qué te has creído! ¡Estuve tres horas esperándote y toda la noche marcando tu puñetero teléfono! ¡De qué vas, tío, de qué vas! ¿Qué pasa?, ¿no pensabas llamarme? ¡Espero que tengas una buena explicación o puedes dar lo nuestro por terminado!

—Mi madre ha muerto. —Sé que es una justificación salvaje, pero necesitaba algo rotundo, incontestable, algo que no hiriera sus sentimientos—. Me llamaron del hospital. Lo siento, se me olvidó avisarte.

Se produjo un breve silencio.

—Yo sí que lo siento. Perdóname, yo creía que…

—Tranquila, estás perdonada.

—Y ¿de qué ha sido?

—De un infarto. Estaba delicada del corazón.

—Cuánto lo siento, de verdad. Soy una estúpida. Debí imaginar que había ocurrido algo.

«Sí, eres una fea estúpida; y yo soy un cobarde que acaba de meterse en un buen lío», pensé.

—Debes de estar fatal. ¿Quedamos y así te hago compañía?

—No, gracias. Tengo ganas de estar solo.

—Nada de sexo, te lo prometo. Solo te haré compañía. No quiero dejarte solo cuando más me necesitas.

Ella hablaba como si nos conociéramos de toda la vida, como si nos amáramos. Las cosas se estaban complicando.

—No insistas. Quiero estar solo. Hazme ese favor.

—Como tú quieras, cariño. Pero entérate de que estoy aquí para lo que me necesites. Estaré pensando mucho en ti. ¿Me llamarás cuando te encuentres mejor?

—Sí, ya te llamaré. Gracias por todo —me despedí, y colgué el teléfono.

Con esta conversación telefónica, concluyó mi sueño de aquella noche del 29 de junio.

«¡No puedo creerlo, no puedo creerlo! ¡Dios mío, por qué me has hecho tan desgraciada! Así que eso es lo que piensa de mí, que soy un adefesio con un buen par de tetas. ¿Por qué me llevó entonces a su casa?, ¿por qué no me ahorró todo este martirio si me consideraba tan poca cosa? Yo juraría que no estaba borracho, solamente

120

le dolía el estómago, pero no, no estaba borracho. ¡Pues claro que lo estaba, estúpida! ¡Cómo se explica entonces su comportamiento posterior! ¡Es un cínico, un perturbado! ¡Recurrió a una excusa tan macabra como la muerte de su madre para darme largas! ¡Me dijo que, tal como se le habían presentado las cosas, ya no se veía con ánimo de vivir con nadie! ¡Y yo detrás de él como una perra callejera! ¡Maldita su estampa! ¡Hasta la tele, he ido hasta la tele para tratar de recuperarlo! ¡Y el muy cabrón me dice que yo no existo, que soy uno de los personajes de sus sueños! ¡Bastardo!, ¡hijo de puta! He de serenarme; venga, Mónica, cálmate, tienes que llegar hasta el final. Eres una mujer fuerte. Termina de leerlo todo y entonces haz lo que tengas que hacer».

LA NOCHE DEL 30 DE MAYO soñé que llamaban a la puerta de mi casa (lo primero que recuerdo es el repicar del timbre y, casi al mismo tiempo, mi mano agarrando el pomo de la puerta. En mi sueño también era de noche). Cuando abrí la puerta, se me cayó el cielo encima:

—¡Sorpresa! —exclamó Mónica, que dejó caer al suelo una maleta de cuero y, acto seguido, se me tiró al cuello.

—Pero…

—No digas nada. —Me selló los labios con la yema de su dedo índice; su uña esmaltada y puntiaguda rozó el pequeño tabique que separa los orificios de mi nariz. Yo procuraba mantener los brazos apartados de su cuerpo—. ¿No me vas a dar un abrazo?

Tuve que abrazarla, a lo que ella respondió con un beso apasionado que, contra mi voluntad, encontró y sometió mi lengua. Sentí asco.

—¿Qué te pasa? Te encuentro un poco frío. ¿No te alegras de verme?

—No te esperaba a estas horas —acerté a contestar. Entonces adopté una postura displicente que formaba parte de la interpretación—: ¡No te dejé lo suficientemente claro que quería estar solo, que ya te llamaría!

—Tampoco es para ponerse así, cariño. —Agarró la maleta de cuero por el asa—. No estoy dispuesta a perderte por una simple depresión.

—¿Simple? No tiene nada de simple.

—Perdona, no he querido decir eso. Ya sé que la muerte de tu madre ha sido un golpe muy fuerte, pero no puedes desmoronarte de esta manera. Hay que mirar hacia delante. ¿No me habías propuesto que viviéramos juntos? Pues lo he estado pensando mucho y aquí estoy —balanceó la maleta para completar el significado de su última frase—. Hay un taxi esperándome con el resto del equipaje. Te lo iba a confirmar el otro día en la cafetería. Vamos, dame una oportunidad; no permitas que la fatalidad estropee lo nuestro. —Volvió a besarme, pero esta vez no sentí nada: estaba conmocionado. ¿Dónde demonios me había metido?—. ¿No me vas a ayudar a subir el equipaje?

Después de aquella última frase, lo vi todo claro: tenía que echarle un par de cojones al asunto, es decir, cortar de raíz. De modo que, como ya era demasiado tarde para decirle a Mónica que no me acordaba de ella ni de la supuesta noche de pasión que compartimos, atranqué la puerta de mi piso, le robé a Mónica la maleta y me precipité escaleras abajo. El conductor del taxi espera-ba, fumando un cigarrillo, apoyado en el maletero de su automóvil. Le indiqué que abriera el maletero y, cuando lo hizo, embutí la maleta de Mónica entre el resto del equipaje; acto seguido, le entregué al taxista un billete de dos mil pesetas. «Hágame el favor de llevar a la señorita a su casa», le dije. Al momento, llegó Mónica cojeando, con uno de sus zapatos –el tacón roto– afianzado a su mano derecha. Me pedía explicaciones a gritos. Enton-ces, con un movimiento de mi mano, le pedí al taxista que nos dejara solos. Él, obediente, se metió en el coche, cerró la puerta y subió el cristal de las ventanillas. Apoyé los brazos en los hombros de Mónica y, tras preparar las cuerdas vocales de mi garganta para que mi voz sonase grave e impasible, le dije:

—Lo de mi madre ha cambiado las cosas. No hay nada que puedas hacer para remediarlo. Ya no me veo con fuerzas de vivir con nadie, ni siquiera contigo. No me busques. —Le di la espalda y me marché.

Con esta escena acabó mi sueño. Y, desde hace tres días, no he vuelto a saber más de él ni de la mujer que lo habitaba.

La intrusa esbozó una amarga sonrisa que dilató sus pómulos y, de algún modo, contuvo el desbordamiento de sus lagrimales. Pasó las páginas del diario rápidamente y se detuvo en el texto cuya lectura había dejado para el final, aquel que, seguramente, había sido escrito por Félix cuando éste regresó, hacía apenas veinticuatro horas, del estudio de televisión. En realidad, le bastaba con lo leído, pero tenía que completar el círculo.

20 de julio de 1997

Ha vuelto a suceder: la sustancia onírica ha traspasado la censura de mi cerebro y ha irrumpido en la realidad. Pero, esta vez, la traslación ha sido muy diferente. Si en otras ocasiones el sueño trasplantado a la realidad no interfería el curso de mi vida, sino que dibujaba una tangente que solo llegaba a tocarme levemente, en esta ocasión ha trazado un filo de navaja diagonal que, si bien no me ha herido de muerte, sí me ha dejado constancia de la naturaleza de su veneno. Ella está aquí. La mujer a la que desplanté en el sueño que acaparó las últimas noches del mes de junio ha cruzado el umbral que separa los dos mundos —el efímero de los sueños y el substancial de la realidad— y se ha vestido con un traje de carne y hueso. ¿Que cómo es posible? No tengo la más remota idea. Es como si el amor que me profesa (que ya debe de estar degenerando en odio) hubiera quebrantado las barreras espacio-temporales que separan a las distintas dimensiones de las que está constituido el universo. Lo siento, no se me ocurre una explicación verosímil. El caso es que yo dejé de soñar a Mónica, así por las buenas, y ahora,

124

tres semanas después, ella se ha convertido (aunque no lo sabe) en un habitante más de la realidad. Quizá pueda parecer que mi monólogo está adoptando un marcado tono borgeano, pero no es así. Esto no es una ficción (soy incapaz de escribir ficciones). Esto es demasiado serio.

Narraré, a continuación, el inesperado modo en que ella hizo su desafortunada aparición en la realidad. Ciertamente, no salgo aún de mi asombro:

Hará una semana aproximadamente, yo me encontraba, acompañado por un grupo de amigos, tomando una copa en una cafetería del barrio en el que vivo. Aunque tenía otros planes para esa tarde, una de mis amistades logró arrastrarme, después de mucha insistencia, hasta la susodicha cafetería. Cuando ya llevábamos una media hora reunidos (el ambiente se me antojó un poco raro desde el principio), descubrí el motivo de tanta insistencia: por la puerta de la cafetería apareció, seguido de un cámara que portaba su instrumento de trabajo, el archiconocido Mario Montero (éste presenta un 'reality show', 'Amores recobrados', que trata de reconciliar a las parejas que, por cualquier tipo de desavenencia, han roto su relación sentimental. Para ello, claro está, es necesario que una de las dos partes dé el primer paso y llame al programa). Tras entrar en contacto con algunos clientes de la cafetería (para sembrar un poco de intriga), Mario Montero se acercó a nuestra mesa y, al anunciar que venía en busca de Félix Casado, las miradas de mis compañeros se centraron en mí, circunstancia que el ridículo presentador aprovechó para asaltarme directamente con su micrófono: «¿Tú eres Félix Casado?».

Asentí. «Pero yo sé que no estás casado», me dijo, esbozando una sonrisa que pretendía celebrar su ocurrencia. «Pues no», le contesté. «Tengo un mensaje para ti», prosiguió Mario, mostrándome la carátula de una cinta de vídeo adornada por el logotipo del programa. «Ah», musité yo. «¿Quieres acompañarme a la caravana?». «¿Quién puede quererme tanto como para comerse el orgullo y recurrir a un programa de esta calaña? ¿Elena? No, imposible, cortamos hace más de dos años. Pero, claro, Elena ha sido la única novia que he tenido... ¿De quién puede tratarse entonces?», pensé yo. Mario Montero interrumpió mi reflexión interior con uno de sus comentarios más manidos: «Te traigo un mensaje de una persona que te quiere mucho, que daría cualquier cosa por recuperarte. ¿Vienes y lo ves tú mismo?». Ahora reconozco que, por principios, yo tendría que haberme cerrado en banda y aguarle la fiesta a aquel melindroso casamentero, pero, contra todo pronóstico (mis amigos, que me conocen mejor que nadie, estarían temiéndose que yo montara una escenita), la curiosidad me pudo. Así que asentí con la cabeza y me levanté de mi asiento. Montero me cogió del hombro y dirigió mis pasos desde la retaguardia. La trayectoria del cámara era paralela a la nuestra.

En cuanto cruzamos la puerta de la cafetería, la gente, como loca, se nos echó encima. Cerré los ojos, dejando que Montero me guiara, y solo volví a abrirlos cuando éste me invitó a entrar en la caravana, que estaba aparcada en los aledaños de una pequeña plaza. (A aquellos que no hayan visto nunca este 'reality show' les diré que

126

el equipo del programa viaja, capitaneado por Mario Montero, en una caravana de color gris metalizado, en cuyos dos flancos figura el logotipo del programa; una caravana que es aclamada por la muchedumbre y, en cuyo interior, que desprende aromas de una intimidad falsa –porque a los pocos días es ultrajada–, el casamentero de Mario Montero exhibe el mensaje –grabado en vídeo– de la inconsciente persona que ha contactado con el programa, en espera de que la otra mitad de la escindida naranja, entumecida en el sillón, prorrumpa en llanto emocionado ante la abdicación de la persona amada; o de que, por el contrario, esboce una sonrisa sarcástica y diga: «No hay nada que hacer, Mario. A mí las buenas palabras no me sirven de nada». En cualquiera de los dos casos, la audiencia está asegurada. Lo importante es que haya drama).

Lo primero que hice después de sentarme en el sillón fue beberme el vaso de zumo, de cuya presencia, la mayoría de los que allí entran, atenazados por los nervios, ni siquiera se dan cuenta. Lo noté un poco agrio. Mario Montero no probó el suyo. Lo que vino a continuación fue bochornoso. Prefiero, por tanto, no reproducir el ridículo mensaje; sí desvelaré, en cambio, la identidad de mi pretendienta, ahora que todas las dudas de entonces ya se han disipado. El rostro de mujer que se me apareció en la pantalla del televisor parecía, por la melena morena y aquella nariz abigarrada, el de la mismísima Mónica, aquella mujer destartalada que me había acechado en algunos de mis sueños; pero, desafortunadamente, escondía la expresión de su mirada detrás de unas gafas de sol, ocultándome, de esta forma, el resplandor de los ojos, que habrían dado forma y sentido a su rostro incompleto; la acción de la cámara tampoco me permitía apreciar el tamaño de sus pechos. Lo primero que pensé es que la tropa de mis amistades se había confabulado con el programa para gastarme una broma y que, por tanto, aquella mujer era una actriz que, dado que solo tenía algunos rasgos de similitud con el modelo de mi sueño, había recurrido al velo de las gafas de sol para sembrar en mí la duda y asegurar, de este modo, la prosperidad de la broma; pero descarté esa posibilidad casi al mismo tiempo de considerarla, pues estaba convencido de que nadie había leído todavía mi último diario y, además, de que yo no había divulgado, en ningún momento —al menos estando sobrio—, los pormenores del episodio onírico que tuvo a Mónica como protagonista. «¿Será ella? ¿Y si fuera ella?», me preguntaba yo.

Cuando el mensaje finalizó, Mario Montero pronunció las palabras mágicas:

—Bueno, ¿qué te ha parecido?

No le contesté.

—¿Y esa cara? ¿No sabes quién es?

Me encogí de hombros.

—Pero hombre... Vamos a ver, ¿tú quién crees que puede ser?

—¿Mónica? —me atreví a contestar.

—Pues claro, hombre. Seguro que las gafas de sol te han despistado. Me ha pedido que te diga que la disculpes. Se ve que tiene alguna infección en los ojos y no soporta el resplandor de la luz.

—Anda ya —puse cara de escéptico—. ¿Os habéis creído que me chupo el dedo? —Barajaba de nuevo la posibilidad de que aquello se tratara de un montaje.

—No entiendo lo que quieres decir. Este es un programa serio. Mónica se ha dirigido a nosotros con toda la buena fe del mundo. Quiere salvar lo vuestro. Bueno, a las pruebas me remito —señaló la imagen congelada del televisor—. ¿No tienes nada sensato que decir?

—Es que todo esto es muy extraño. No sé cómo explicárselo sin que piense que estoy loco. ¡Pero qué estoy diciendo, esto tiene que ser una broma!

—Te comprendo, te comprendo. Perder a una madre es un mal trago para cualquiera, pero eso no es justificación suficiente para dejar de lado a la persona a la que quieres —arguyó Mario Montero.

—¿De dónde habéis sacado esa información? Alguna de mis amistades ha leído mi diario, ¿verdad?

—No entiendo nada de lo que dices, chico. Tranquilízate, no te pongas nervioso. Estás entre amigos. Explícame por qué decidiste apartar a Mónica de tu lado. La muerte de tu madre no me parece un buen motivo, y a ella tampoco. Estamos aquí para aclarar las cosas entre vosotros. Yo creo que merece la pena.

—Esto es ridículo. Mi madre está vivita y coleando. ¿Es que no les ha consultado ese dato a mis amigos? Bueno, claro, ellos están en el ajo.

—Pues no se lo he consultado, la verdad. El testimonio de Mónica me pareció de lo más veraz. Pero entonces ¿tu madre está viva?

—Por supuesto —dije sonriendo.

—¡Bueno, bueno, aquí tenemos un problema muy grave! —Mario le indicó al cámara que no suspendiera la grabación—. Vamos a ver, Mónica nos ha contado que, cuando se produjo la muerte de tu madre, desechaste la idea de iros a vivir juntos y que le dijiste que no querías volver a verla. ¿No es eso cierto? ¿Dices que tu madre no ha muerto?

No tuve la impresión de que Mario Montero estuviera impostando el tono crispado de su voz. ¿Cómo iba yo a decirle que aquello que me estaba contando solo había sucedido en mis sueños? Porque si le revelaba mi sospecha de que Mónica se había infiltrado en la realidad y al final todo resultaba ser un montaje, todo el mundo me reconocería, a partir de entonces, como el pobre ingenuo que había sido víctima de la más inverosímil de las inocentadas; pero si, en cambio, el programa estaba actuando de buena fe, ante mis extravagantes declaraciones no dudarían en pensar que necesitaba los servicios de un psiquiatra. Así que, para soslayar el dilema, me decanté por una opción alternativa:

—Es totalmente falso. Yo me lié una noche con ella y, desde entonces, no ha dejado de perseguirme. No sé ya cómo decirle que lo nuestro es imposible.

—Entonces ¿nos ha mentido? ¿Por qué habría de inventarse lo de la muerte de tu madre?

—Yo qué sé. Está loca.

—Chico, me dejas boquiabierto. Lo mejor será que lo aclaréis todo cara a cara en el plató del programa, ¿no te parece?

«*Cómo te gusta la carnaza, miserable. Una historia así es la ideal para duplicar la audiencia, ¿eh? Porque quiero ver quién se esconde tras esas gafas de sol, que si no te ibas a quedar con un buen palmo de narices*», pensé yo cuando escuché la sugerencia de Mario Montero. Así que acepté:

—*Me parece bien. Esto no puede quedar así.*

Como ya he dicho, este episodio acaeció la semana pasada. Y ahora acabo de regresar del plató de televisión, donde se ha grabado el programa que le prometí a Mario Montero, el cual, con toda seguridad, no llegará a emitirse. Así es como se han desarrollado los acontecimientos:

La primera que ha entrado en escena ha sido la señorita de las gafas de sol (la presunta Mónica), mientras yo lo veía todo, por un televisor, desde mi camerino. El público la ha recibido con un fervoroso aplauso. Mario Montero, después de besarle las mejillas, la ha invitado a sentarse en el sofá de media luna. A continuación, han visionado la conversación que yo mantuve con Montero en la caravana del programa. Seguidamente, el cizañero presentador ha interpelado a la señorita de las gafas de sol del siguiente modo:

—*Pues esto, ni más ni menos, es lo que nos ha dicho Félix. Como ves, su testimonio es muy duro. Este programa, por supuesto, antes de emitir un juicio de opinión, cree conveniente que expliques tu versión de los hechos.*

—*¡Juro por mi vida que me dijo que su madre había muerto!*

—*Lo hemos comprobado. Ayer mismo estuvimos hablando con su madre.*

—¡Entonces me mintió! ¡Sería una excusa para librarse de mí!

—Esta es una situación muy desagradable para todos, porque es obvio que uno de los dos miente. Por eso hemos querido que Félix esté esta noche con nosotros. Un fuerte aplauso para él.

Entonces yo he abandonado mi camerino y he entrado en el coliseo con la única intención de desvelar la identidad de aquella mujer. Me he acercado a la pareja con paso firme, mientras la música del programa y el aplauso del público creaba el ambiente mediático; y, en lugar de demorarme en el ritual del besuqueo, me he sentado directamente en el sofá, a la derecha de la señorita de las gafas de sol. Cuando han cesado la música y el aplauso colectivo, antes de que Mario Montero tomara la iniciativa, he dicho:

—Una cosa antes de empezar: si ella no se quita las gafas, yo me marcho por donde he venido.

—Ni tú ni nadie me va a decir lo que tengo que hacer —ha contestado la aludida.

—Las cosas no funcionan así, Félix. Aquí cada uno es libre de hacer lo que quiera. Además, tengo entendido que esa infección que tiene en los ojos aún no ha remitido. ¿Es algo grave, Mónica?

—No lo sé. Me están haciendo pruebas. No soporto el contacto de la luz, así que imagínate tú con todos estos focos...

—Tranquila, no te preocupes por las gafas. No te las quites si no quieres. ¿De acuerdo? Pues vayamos a lo vuestro.

Como he visto que mi exigencia no sería cumplida, le he arrancado las gafas a la presunta Mónica de un firme manotazo. La visión de su rostro al completo me ha obligado a juntar las palmas de mis manos y a llevármelas a la boca (era Mónica, sin ningún atisbo de duda). Ella, chillando como un congrio herido en el salabre de un pescador, se ha tapado los ojos enrojecidos. Mario Montero se ha agachado para recoger las gafas de sol y, al levantarse, me ha gritado: «¡Te has vuelto loco!». Y yo le he dicho: «No podéis entenderlo. Ella no existe. No es de este mundo. Será mejor que me vaya». Entonces me he levantado del sofá y me he marchado directamente al servicio, donde he vomitado en varias ocasiones.

En el taxi que me ha traído a casa he estado recapacitando: ¿Y si este caso, en lugar de tratarse de una infiltración de un personaje onírico en la realidad, es un caso de telepatía onírica?; es decir, ¿es posible que tanto yo como Mónica seamos individuos reales que han sido los protagonistas de un mismo sueño, que se han soñado el uno al otro en un mismo contexto y en unas mismas circunstancias?; ¿no podría ser que cada uno hubiera soñado lo mismo desde su propia perspectiva? Pero, si así fuera, ¿por qué yo tengo conciencia de mi sueño y ella no?

Por esta noche ya vale de rompecabezas. A partir de mañana comenzaré a tomar precauciones, pues Mónica, ahora de carne y hueso, puede tratar de vengarse. Para empezar, cambiaré la cerradura del piso en cuanto pueda, porque sabe Dios adónde han ido a parar las llaves que me han desaparecido del camerino. ¿Y si, mientras me he ausentado al servicio después de mi enfrentamiento con Mónica ante las cámaras, ella me las ha robado? No me fío de ella, y mucho menos después de lo sucedido. Menos mal que en su día le entregué a Marta (una vecina de confianza) un manojo de llaves de recambio, pues, de lo contrario, ahora estaría pasando la noche en su casa, donde, evidentemente, no habría tenido la oportunidad de escribir estas páginas.

La intrusa cerró el diario y lo restituyó al cajón de la mesita de noche. «Conque no existo, ¿eh?; conque soy uno de los personajes de tus sueños, ¿verdad? Vas a ver tú hasta qué punto todo esto es real, mamonazo. Por mis muertos que no vas a utilizar a ninguna otra mujer para rellenar las páginas de tus diarios, sinvergüenza». La intrusa extrajo, del interior de su bolso, la navaja de doble filo, la empuñó, se levantó del borde de la cama y se dirigió a la cabecera. «Que Dios me perdone algún día». Se santiguó. A continuación alzó la navaja y, con pulso seguro, la hincó en el cuello relajado de Félix; le propinó numerosos navajazos en la garganta; y, acto seguido, le clavó la ensangrentada hoja en el pecho y en el estómago. Cuando la intrusa pudo controlar el impulso exterminador de su brazo, plegó la navaja y la guardó en uno de los compartimentos de su bolso. «Ya está. Se acabó. He sido capaz. Dios sabe que tenía que hacerlo». Después de algunas convulsiones, Félix dejó de respirar.

134

Cuando, a los pocos días, los bomberos irrumpieron en el domicilio y encontraron el hediondo cadáver, hallaron, a su vez, diseminados sobre la colcha de la cama y esparcidos por el suelo, los siguientes objetos: una blusa celeste, una falda marrón, un sostén negro, unas bragas negras, unas gafas de sol, unos pendientes esféricos, unos zapatos celestes, unos guantes de terciopelo, un anillo de plata salpicado de sangre reseca y un bolso negro; en su interior, una botella de cloroformo, un pedazo de algodón, un manojo de llaves y una navaja tatuada por el homicidio.

La belleza de las fiebres

Mi madre, partidaria de la endogamia –una preferencia hereditaria que, en beneficio de sus propósitos, supo ocultarme con las sutiles argucias de una alcahueta–, como era consciente de que mis continuos vaivenes amorosos terminarían, tarde o temprano, truncando el futuro que ella y mi tía Agatha me habían reservado, decidió que yo, en lugar de aburrirme como una ostra en la tórrida capital española –dado que, por motivos de trabajo de mi padre, aquel año nos habíamos quedado sin vacaciones–, podía pasar el mes de mi decimoctavo cumpleaños en el Cabo de Gata (un pueblo de Almería), junto a mi tía Agatha, mi tío Francisco y, sobre todo, mi hermosa prima Rocío, a los que yo no veía desde que tenía tres años.

En un principio, la proposición de mi madre se me antojó poco atractiva, ya que, si bien yo amaba la tórrida arena y el agua salada (me pasaba todo el invierno pensando en las concurridas playas de Salou a las que mi familia y yo solíamos acudir en agosto, atestadas de guiris despampanantes y promiscuas), sabía perfectamente que un pueblo subdesarrollado como el del Cabo de Gata (ahora ya no merece tal calificativo), un pueblo sin vida nocturna y sin adolescentes cachondas en biquini, no me iba a proporcionar las noches de revolcones –entre las rocas de una pequeña cala; sobre los resbaladizos patines acuáticos aparcados en la orilla de la playa; en un dúplex abandonado, durante la noche, por unos padres marchosos– que yo, después de haber superado con éxito la maldita selectividad, me había ganado a pulso. Además, aunque no fueran tan gloriosas como las de Salou, las noches de agosto en un Madrid no tan desértico como la gente piensa no iban a ser, mientras yo pudiera evitarlo, tan aburridas como mi madre me aseguraba que serían. De modo que deseché la insulsa oferta con un «pero ¿tú me has visto cara de tonto?», negativa que mi madre, sabedora de que la estrategia que había urdido daría resultado, afrontó con una indiferencia que no era propia de ella, pues, siempre que había tratado de orientar mi vida, había recurrido al método de la perorata repetitiva y recalcitrante, esa que no desiste hasta que uno no emplea malas maneras para atajarla; pero en aquella ocasión no le dio más vueltas al asunto («Tú sabrás lo que haces, hijo mío») y se fue a la cocina a retirar el potaje del fuego. Aunque quedé algo extrañado con su inédita reacción, no le di la mayor importancia (¿cómo me iba a imaginar que mi progenitora, después de tantos años de dialéctica rudimentaria, iba a depurar tanto sus artes disuasorias?). Por tanto, me olvidé durante el resto del día de aquellas vacaciones gratuitas que se me ofrecían en el Cabo de Gata.

A la mañana siguiente, sin embargo, me dejé capturar, como un conejillo confiado, por el cepo que me alejaría, definitivamente, de mi ciudad natal durante aquel decisivo mes de agosto: me levanté temprano (había quedado con unos amigos para ir a la piscina) y, como todas las mañanas, me dirigí a la cocina para prepararme unas tostadas: saqué el envase de la mantequilla de la nevera; a continuación, me hice con el paquete de las tostadas y el cuchillo para untar; y, finalmente, lo dejé todo –como había previsto mi madre– sobre el mármol de la cocina. Allí reparé, mientras untaba las tostadas con desgana, en la presencia de un montoncito de cartas que descansaban sobre un cenicero. Llevado por la curiosidad, les eché un vistazo. Embutido entre sobres bancarios y folletos publicitarios, encontré un sobre abierto, más pesado que el resto, cuyo remite, escrito a mano, decía: «Agatha Méndez Sobejano. Calle la Breca, 28. 04150. El Cabo de Gata (Almería)». El sobre incluía una foto y un folio escrito a mano en el que, entre otras cosas, mi tía le decía a mi madre que le gustaría mucho que yo me fuera a pasar el mes de agosto con ellos.

Pues bien, aquel sobre, que aparentemente había llegado a mis manos por dictamen del azar, me hizo cambiar de opinión con respecto a las vacaciones: después de inspeccionar su contenido con detenimiento, pensé que los días en el Cabo de Gata tal vez no serían tan aburridos. Pero no fue, precisamente, la prosa cálida y correcta de mi tía Agatha la que me hizo cambiar de opinión (pues también habían sido cálidas las palabras de mi madre), sino la luminosa fotografía de mi hermosa prima Rocío, que tenía unos quince años. Era una adolescente preciosa (mucho más que todas las guiris y madrileñas que yo me había beneficiado hasta el momento); tenía, además, ojos de pícara (de cachonda, vamos), unos ojos que, contradictoriamente, componían una mirada ingenua y lujuriosa. ¿Cómo iba yo a desdeñar, ahora que sabía que aquel ángel estaba a mi alcance, unas vacaciones hechas a mi medida? De manera que, motivado por mi descubrimiento, le comuniqué a mi madre mi resolución: «Me lo he pensado mejor. Madrid está totalmente muerto en agosto. En el Cabo al menos me pondré moreno». La sonrisa que esbozó mi progenitora fue una de las más amplias y enigmáticas que he visto nunca. Aunque traté de disimularlo, los últimos días del mes de julio se me hicieron eternos. Evidentemente, no sabía lo que me esperaba.

* * *

Llegué a la costa almeriense a las cinco de la tarde del primer día del mes de agosto, después de un largo y tedioso viaje ferroviario que, cómo no, amenicé con la contemplación de la fotografía de mi radiante prima Rocío (su retrato, tanto en las noches previas al viaje como en las horas inundadas por el traqueteo de los raíles, lo manché yo con pensamientos deshonestos que, por lo que me sugerían los ojos de mi prima, pronto serían materializados). Cuando bajé del tren, mi tío Francisco ya esperaba en el andén a unos cincuenta metros de donde yo estaba. No tardó en identificarme entre la muchedumbre. Me agarró por el hombro y, antes de que me diera tiempo a asimilar que aquel hombre apuesto y elegante era mi tío, me dijo: «¡Qué pasa, madrile! ¡Dale un abrazo a tu tío! Estaba sentado en aquel banco de allí y, en cuanto te he visto, me he dicho: «No cabe duda. Ese es mi sobrino». Tras las formalidades de rigor («¿Cómo están tus padres? ¿Te van bien los estudios?». «Mi madre está bien, un poco delicada de las varices, pero bien. Y la tía y la prima ¿qué tal?»), nos repartimos el equipaje y salimos de la estación. En la acera, aparcado de mala manera en el bordillo, nos esperaba un flamante BMW. En cuanto lo vi me dije: «No, no puede ser. Pasaremos de largo». Pero, para mi sorpresa, mi tío sacó un manojo de llaves del bolsillo de su pantalón de pinzas y, acto seguido, se dispuso a abrir el maletero del automóvil. «¡Qué pasa aquí, macho! ¿A esto le llaman mis padres 'tener algunos ahorrillos'? ¡Joder, tienen que estar forrados! ¡Esto se avisa, coño!», pensé yo. Debí de quedarme durante algunos segundos reflexionando sobre si aquella belleza metalizada era o no un espejismo provocado por el sofocante calor, ya que recuerdo perfectamente las palabras que me dirigió mi tío Francisco desde el interior del BMW: «Qué pasa, ¿has decidido quedarte a dormir en la estación? ¡Venga, sube!». No tuvo que repetírmelo dos veces. «Menos mal. Pensaba que te quedabas», ironizó mi tío. «¡No veas la que me armarían las mujeres si no volviera contigo a casa! ¡Menudas son! Están deseando que llegues, ¿sabes?, sobre todo tu prima Rocío».

En pocos minutos abandonamos la capital (Almería es una ciudad de juguete comparada con Madrid). Mi tío conducía por una estrecha y tortuosa carretera que, en lugar de seguir la línea de costa, se separaba de ésta y discurría por parajes desérticos y resquebrajados, enfermos de sequía, que mostraban unos suelos terrosos y amarillentos, que acogían una vegetación esquelética y una fauna reptadora. Mientras atravesábamos grandes llanos, yo, sin prestar demasiada atención a las batallitas de pesca que me relataba mi tío, no separaba la vista de la casi imperceptible línea de costa, sobre la cual, espejismo de mi imaginación, podían leerse las últimas palabras que había articulado mi tío Francisco antes de que abandonáramos la estación: «Están deseando que llegues. Sobre todo tu prima Rocío». El tono insinuante de aquella frase me sumió en un estado de regocijo que duró todo el viaje: estaba a escasos kilómetros de mi prima Rocío, a la que, apenas sin conocerla –pues la primera y última vez que la vi era solo un bebé–, deseaba con una fuerza sobrenatural e injustificada (ya que solo disponía de un fragmento de su belleza, un fragmento de cartulina que aislaba su rostro de una anatomía aún por descubrir). Sin duda había sido la singularidad de su belleza, tan distinta a todo lo que yo conocía, la que había logrado hechizarme; y la picardía de sus ojos y la sensualidad de su sonrisa las que me habían llevado a pensar que me deseaba tanto como yo la deseaba a ella, que quizá había recibido también una fotografía de su primo que, durante las noches en las que el calor agobiante prolongaba la vigilia, le servía de estímulo para llevar a cabo sus masturbaciones dactilares. Así pues, mientras oía pero no escuchaba la voz del padre de la criatura, yo trataba de imaginar cómo serían aquellas partes de su cuerpo que la fotografía no había capturado: me imaginaba que un pantalón corto se ceñía a sus prietos muslos; me imaginaba, asimismo, que un escueto top resaltaba unos pechos picudos y dejaba al descubierto un vientre bronceado por las lumbres andaluzas. Sí, como en los días precedentes al viaje, durante la media hora que duró el trayecto en coche yo me dediqué a imaginarme a mi prima Rocío, a moldearle toda aquella belleza adicional que presagiaba la fotografía; incluso profané sus labios y su cuerpo delante de su propio padre. Y, cuando dejamos atrás las llanuras y nos acercamos de nuevo a la costa, pensé: «Si supieras, tío, a lo que he venido a este pueblucho…». Pero, en realidad, el que no lo sabía era yo.

Un desdibujado camino de grava, a cuyos lados desfilaba un paisaje desolador de aguas estancadas, nos dejó en la entrada del pueblo, representada por una pequeña plaza tras la cual había dos hileras paralelas de apartamentos que se estancaban a escasos metros de la arena de la playa; el de mis tíos era el primero de la hilera izquierda. El resto del pueblo se prolongaba, paralelo a la playa virgen (sin duda lo mejor de aquel rincón andaluz), unos quinientos metros; un kilómetro de tierras áridas y despobladas separaban al pueblo sin asfalto del faro verde, resguardado por un acantilado.

«¡Ya hemos llegado, sobrino! Qué te parece, ¿está todo tal como lo recuerdas? El pueblo, como puedes ver, no es gran cosa, pero las playas son cojonudas, de las mejores de España. ¿Sabes una cosa?, esta noche nos vamos a ir a pescar herreras a la playa. Qué me dices, ¿te apetece?», me propuso mi tío, mientras el BMW dejaba atrás la plaza. «¿Esta noche? No sé… La verdad es que estoy un poco cansado del viaje», contesté yo, que había depositado mi pensamiento sobre mi prima Rocío, de la que no estaba dispuesto a separarme para ir a pescar a la playa.

«Venga, hombre, anímate. Ya me he enterado de que eres un fenómeno en los embalses. Bueno, aquí no hay lucios ni bichos por el estilo; ahora bien, con un poco de suerte, podemos clavar alguna dorada de campeonato. ¡Y esas sí que tiran, macho! No me digas que no te apetece. Tu prima siempre me acompaña. Es una pescadora de primera». «Ah, que vendrá mi prima… Entonces no se hable más. Esta noche nos vamos de pesca», pensé yo; aunque, como es lógico, la respuesta afirmativa que le di a mi tío no fue tan descarada (hay ocasiones en las que conviene echar mano de la hipocresía): «¡No me digas que hay doradas! ¡Haber empezado por ahí! Tendrás una buena caña para mí, ¿no?».

Así que, cuando llegamos a la altura de nuestro apartamento, en lugar de entrar en el garaje, mi tío viró a la izquierda y, a unos doscientos metros, detuvo el coche frente a una ferretería donde vendían, además de los artículos de rigor, aparejos de pesca y cebos vivos. Nos atendió un hombre alto y fornido, de facciones agraciadas (aún más que las de mi tío), que, ante nuestro requerimiento, giró la cabeza hacia una puerta de cerdas plastificadas y gritó: «¡Cariño, sácame cuatro cajas de americano y dos de rosca, por favor!». A los pocos segundos, una mujer espantosa, de enormes pechos caídos que se confundían con su voluminoso vientre, salió de la trastienda con las cajas de los cebos apiladas en las manos. En cuanto la vi, me dije que el dependiente de la ferretería tenía que estar rematadamente loco si llamaba 'cariño' a una mujer como aquella. «Aquí tiene sus gusanos, señor Francisco. Vaya, veo que hoy viene bien acompañado», le dijo la

maciza a mi tío, que, propinándome un par de palmaditas en la espalda, le contestó: «Sí, es mi sobrino Quique.
Acaba de llegar de Madrid». «Dame dos besos, hijo»,
me pidió aquella hembra horripilante; naturalmente,
tuve que permitir que me besara (ya me recuperaría de
aquella afrenta en los labios de mi prima Rocío). «En el
Cabo de Gata todos los hombres guapos sois bien reci-
bidos», añadió la dependienta con ese deje característico
del sur. Yo, mientras me separaba de su rostro obtuso,
me di cuenta de que aquella cordial mujerona le dedicaba una sonrisa misteriosa a mi tío (muy parecida a la
que esbozó mi madre cuando yo cambié de opinión con
respecto a las vacaciones), lo que, como a cualquier otro
que hubiera estado en mi lugar, me pareció muy extraño.
Acto seguido, la mujer se despidió y regresó a la trastienda. Entonces el hombre alto y atractivo nos envolvió los
cebos, nos cobró su importe, nos deseó buena pesca y,
cuando ya salíamos por la puerta, me dirigió una mirada
triste y conmiserativa, una mirada que, mediante la ley
del silencio, parecía querer advertirme de algo.

Después de pasar por la pescadería para hacernos con
algunos mejillones que habrían de tentar, entrada la noche,
a las grandes y recelosas doradas, retrocedimos hasta el
apartamento de mis tíos, donde residía la adolescente de
la que, antes de verla al completo, yo ya me había enca-
prichado. Mi tío pulsó el botón de un pequeño mando a
distancia e, inmediatamente, la puerta cobriza del garaje
se plegó sobre sí misma. Una vez en el interior del garaje,
mi tío bajó del coche, abrió el maletero, se hizo con mi
equipaje y, desde la puerta que comunicaba la cochera con

el apartamento, me indicó, con un movimiento apremiante de su mano libre, que saliera del coche de una vez por todas. Yo, cohibido por esos temblores que nos sobrevienen en los momentos previos a un gran acontecimiento, saqué la fotografía de mi prima Rocío del bolsillo trasero de mi pantalón corto y observé por última vez su belleza encarcelada; entonces experimenté una sensación de vértigo en el estómago que desapareció tan pronto como restablecí la fotografía, de mala manera, al bolsillo trasero de mi pantalón. Finalmente, me desabroché el cinturón de seguridad, salí del coche, me acerqué a mi tío –que me cedió el paso– y sobrepasé el umbral.

«¡Agatha, Rocío, ya estamos aquí!», exclamó mi tío Francisco. Mientras éste dejaba mis dos maletas en un rincón del salón, tuvo que dar un par de voces más para que mi tía, desde el piso superior, le respondiera: «¡Ya bajo, ya bajo!». Como la voz de mi prima no llegó a mis oídos, pensé que habría salido a hacer algún recado. El caso es que mi tía Agatha, de cuya fisonomía apenas me acordaba, bajó sola por la escalinata. Y, si bien desde la distancia no atisbé nada extraño en su rostro, cuando me acerqué rápidamente para recibirla al pie de la escalera me topé, por segunda vez desde que llegara al Cabo, con una mujer de una fealdad exacerbada, una mujer que, de ningún modo –a no ser que mi tío hubiera aportado todo el material genético–, podía haber dado a luz a una criatura tan hermosa como mi prima Rocío. Basé esta reflexión en la certeza de que la fealdad de mi tía, lejos de haber sido propiciada por el deterioro del paso de los años, era

148

una fealdad congénita. En ese mismo instante, comenzaron a germinar en mí algunas sospechas.

«¡Madre mía lo que has crecido, Quique! Date la vuelta, que te vea bien. ¡Estás guapísimo! ¡Y qué alto! ¿Cuánto mides? ¡Uno ochenta y cinco! Estás hecho un hombretón, ¿eh? ¡Y pensar que la última vez que te vi me llegabas al muslo! Anda, dale dos besos a tu tía». Después de dejar la impronta de mis labios en la piel de aquel semblante repleto de asimetrías, cansado ya de tanta decrepitud femenina, le pregunté a mi tía que dónde estaba mi prima, que si había salido, acaso, a hacer algún recado. Me contestó que no, que la pobre estaba acostada en su cuarto, un poco pachucha. «¿Qué le pasa?», me interesé, francamente preocupado por el hecho de que mi prima Rocío pudiera estar aquejada de alguna dolencia que me apartara de ella durante algunas horas o, a lo peor, durante algunos días. «No sé, hijo. Le habrá sentado algo mal o habrá cogido frío. No creo que sea nada grave, de todos modos. ¿Quieres subir a verla?». «Bueno. Subiré solo a saludarla, para que sepa que ya estoy aquí. No quiero molestarla mucho», contesté, fingiendo un desinterés totalmente hipócrita. «Ve tú solo. Es la segunda puerta a la derecha. Date prisa, antes de que se quede dormida», me apremió mi tía Agatha, que esbozó otra de esas sonrisas enigmáticas de las que ya he dado cuenta anteriormente.

Después de algunos intentos abortados por la indecisión, piqué a la puerta un par de veces. Me contestó una vocecita dulce y apagada, convaleciente, que me autorizó el paso. Aquella voz meliflua y susurrante se acoplaba perfectamente al rostro divino de la fotografía. Giré el pomo de la puerta y entré en la habitación con pasos titubeantes, como los de ese adolescente primerizo que se adentra en la madriguera de una prostituta, henchida de aromas nuevos. Localicé a mi prima recostada en su lecho mirando hacia la pared, de manera que me daba la espalda: un espinazo revestido de la embarullada pizarra que le caía de la cabeza. Ella creyó, seguramente, que era su madre la que irrumpía en la habitación para confirmarle mi llegada, pues, de lo contrario, de ninguna de las maneras habría permitido que yo me acercara hasta el borde de la cama, posición desde la cual, antes de que ella se tapara con las sábanas, me dio tiempo a verle una porción de sus pechos bronceados. Con las sábanas hasta el cuello, mi prima se giró y me dijo: «¡Eh, qué haces! ¿Te parece bonito sorprenderme de esta forma, primo?». Entonces descubrí, mientras un terrible espanto se adueñaba de mis entrañas, que mi adorada prima Rocío —la que acumulaba, por encima de su cuello, la herencia de miles de años de belleza femenina— estaba hecha, verdaderamente, de la misma pasta que su madre. Era una muchacha de cejas espesas, pómulos prominentes, nariz porcina, dentadura de asno y mandíbula puntiaguda; y, para colmo, tenía una negruzca hilera de vello por encima de los labios. El impacto que recibí fue tan fuerte, tan inesperado, que, durante algunos segundos que sin duda intranquilizaron a la muchacha, fui incapaz de articular palabra, inmerso en un caos mental de grandes proporciones: «¿Esta es mi prima Rocío? Pero entonces, la carta, la foto… ¿Quién es la chica de la foto? ¿Se trata de una broma? ¿Habrán querido engañarme? ¿Y si era una artimaña para que yo viniera hasta el Cabo? Pero ¿por qué? Quizá, no… ¡Yo qué sé! ¡Bueno, y ahora qué hago!». Aunque aquel desengaño había desmantelado todas mis ilusiones, transcurridos esos segundos de desconcierto logré recuperar la compostura: «Lo siento. Debí avisarte de que era yo. Pero es que quería darte una sorpresa. No me imaginaba que estarías desnuda». «Vaya, te estás poniendo rojo. Tranquilo, no pasa nada; solo estaba bromeando. Bueno, dime, ¿qué tal el viaje?», me preguntó mi nueva prima Rocío. «Bah, como todos: un poco pesado», le contesté, tratando de aparentar normalidad. «Me ha dicho tu madre que estás malita». «Sí, no me encuentro muy bien. Y precisamente el día en que llega mi primo desde Madrid. ¡También es mala suerte! ¿No crees?». «Nada, seguro que enseguida se te pasa. Ya lo verás», la consolé (aunque el único que necesitaba consuelo era yo). «Eso espero», dijo, a la vez que me concedía una sonrisa aberrante. Yo, incapaz de soportar por más tiempo aquella incómoda situación (pero estaba claro que mi prima se encontraba muy a gusto), aceleré mi despedida: «Voy a dejar que descanses, ¿vale? Después nos vemos». Ella, visiblemente desilusionada, asintió con la cabeza. Pero, cuando me di la vuelta (pensando que el mal trago había llegado a su fin), mi verdadera prima Rocío alargó uno de sus brazos y me robó la fotografía de la impostora, que debía de sobresalir por el bolsillo trasero de mi pantalón corto. «¿Qué es esto?», inquirió. «Vaya, ya veo. Es tu novia, ¿verdad?». «Bueno, novia, lo que se dice novia… Más o menos», improvisé. «Es muy guapa. Te felicito. No sé cómo se te ha ocurrido dejarla sola en Madrid. Toma, cógela. Cierra la puerta al salir, por favor». Esto último me lo dijo con la voz crispada y triste, como si el mundo, al igual que a mí, se le hubiera caído encima.

Asaltado por una sospecha que, después de lo sucedido en la habitación de mi prima, había cobrado una gran consistencia, me precipité escaleras abajo saltando los escalones de dos en dos; pensaba en la extensa playa del Cabo, que, cuando mi tío y yo veníamos de comprar los cebos, se encontraba todavía salpicada de sombrillas. Al pie de la escalera, me tropecé con mi tío, el cual, como me vio muy inquieto, me preguntó: «¿Pasa alguna cosa?». «No, nada. Voy a salir a tomar un poco el aire. Estoy algo mareado», me justifiqué. «Eso es de tanto tren y tanto coche. ¿Quieres que dejemos lo de la pesca para mañana?». «No, no. Tengo ganas de ir a pescar. El mareo se me pasa de seguida». «Bien, pero no tardes mucho; tenemos que comer algo y preparar los aparejos».

Salí del apartamento de mis tíos, atravesé la estrecha carretera de tierra que me separaba de la playa y, después de descalzarme, me detuve en la orilla, húmeda y refrescante. Comencé a caminar por ella y, desde aquel privilegiado emplazamiento, pude observar, entre estupefacto y aterrado, que, bajo algunas de las sombrillas que iba dejando atrás, se resguardaba una mujer espantosa, acompañada, en algunos casos, de una niña o adolescente que copiaba los rasgos de su madre; y, en otros, también de un marido apuesto y complaciente; columbré, asimismo, algún que otro corrillo de chiquillas que, extendidas sobre sus toallas, exhibían una anatomía grotesca; las pocas jovencitas núbiles que había, para mi sorpresa, disfrutaban de la compañía de atractivos muchachos. «¡Dios mío, qué clase de lugar es este en el que hombres de bandera adoran a mujeres contrahechas!», pensé yo cuando regresaba, desconcertado, al apartamento.

La respuesta a esta pregunta –y a muchas otras que me fui formulando a lo largo de la tarde– me fue revelada aproximadamente a las doce de la noche, momento en el que mi tío y yo, cansados de esperar la picada de la esquiva dorada, regresamos de la playa con el cubo rebosante, eso sí, de herreras de tamaño medio. En cuanto llegamos al apartamento, antes de que me diera tiempo a arrancarme de la piel el olor a pescado, mi tía, con una notoria expresión de trascendencia en su rostro, me abrió las puertas del secreto milenario de aquel rincón andaluz, reservado únicamente a los elegidos: «Tu prima está muy enferma, Quique. Tal vez no sobreviva a esta noche. Me ha pedido que subas a verla». «¿Que tal vez no sobreviva a esta noche? Pero ¿qué estás diciendo, tía? ¡Eso es imposible!». «No digas nada. Compruébalo tú mismo. Sube a verla, por favor. Que ella sobreviva depende exclusivamente de ti».

Subí al segundo piso estremecido por los presagios de muerte que había proferido mi tía Agatha, por la absurda e irracional responsabilidad que se me había conferido. La puerta de la habitación de mi prima Rocío estaba entornada. En cuanto la abrí, una vaharada de aire incandescente me impactó en la cara, como si, en el subsuelo de aquella habitación, descansaran las calderas del mismísimo infierno. Llevado por el instinto, me adentré en aquella cámara que olía a sudores y a enfermedad. El núcleo incandescente que generaba aquella atmósfera volcánica era el lecho de mi prima, aureolado por un resplandor escarlata. Me acerqué con una lentitud dubitativa, amedrentado por aquella imagen sobrenatural; y, cuando así las sábanas con la intención de poner al descubierto el cuerpo de mi prima Rocío, sentí en las yemas de mis dedos un cosquilleo vigoroso –como de calambre de poco voltaje– que me provocó una agradable sensación de tranquilidad. Mientras disfrutaba de aquella inesperada sensación, se oyó un bostezo apocado que me impelió a levantar las sábanas: destapé aquel lecho encendido y, apabullado por otro balsámico fogonazo, vislumbré con asombro cómo mi prima Rocío, la hermosa Rocío de la fotografía, la Rocío primigenia, inclinaba la cabeza para mirarme a los ojos con una belleza pálida, de estatua helénica, de luna calenturienta, que excedía, al natural, la belleza que había captado la torpe cámara fotográfica. En efecto, sobre aquella cámara de transformación yacía, extasiada por una belleza moribunda, la adolescente que, con sus encantos fotogénicos, me había atraído hasta el Cabo de Gata; una adolescente cuyo rastro, hacía apenas unas horas, yo creía haber perdido para siempre. Me miró a los ojos y me dijo: «Quique, tengo mucho calor». Le puse la mano en la frente y sentí el fuego descomunal de una fiebre sin precedentes, una fiebre que la consumía y, al mismo tiempo, anegaba su rostro, todo su cuerpo, en un magma de sublime belleza (tan sublime que ni siquiera la prosa más dotada le haría justicia). «El año pasado también me puse enferma. Pero no fue tan fuerte como ahora. Qué me pasa, Quique, qué me pasa. Mi madre dice que no hace falta que vaya al médico, que a partir de ahora me pondré enferma una vez al año y que terminaré acostumbrándome», musitó mi diosa, mientras yo, totalmente embelesado, le acariciaba la cara. «Soy una desgraciada. Mi madre me había asegurado que te habías enamorado de mí al ver mi fotografía y que por eso venías a conocerme. Pero resulta que es mentira, que tienes novia, una novia con la que yo no puedo competir. Soy una tonta. ¡Cómo te ibas a enamorar de mí con lo poco agraciada que soy! Pero yo te quiero desde que era una niña; he recibido fotografías tuyas periódicamente. Y ahora siento que me muero. ¡Bésame, Quique; hazme ese favor; bésame, aunque solo sea una vez!». Deduje, de sus palabras, que aquella criatura celestial no tenía conciencia de su belleza, lo que la hacía aún más pura e irresistible. La besé en los labios, como me demandaba, con un respeto y una parquedad sacerdotales, tratando de inspeccionar la superficie de su boca antes de dar el siguiente paso; no la besé por caridad, sino por deseo; y, al hacerlo, un placer exacerbado me dejó sin aliento. Entonces, tal vez intimidado por el hecho de saberme poseedor de tanta belleza, tal vez porque creí que me ganaba la locura, despegué mis labios de mi prima Rocío y escapé de la habitación.

Mi tía Agatha me esperaba en el pasillo del segundo piso. Me agarró por el brazo y me dijo: «¿Te encuentras bien?». Yo, en lugar de contestar a su pregunta, le dije: «No se va a morir, ¿verdad? ¡No quiero que se muera!». «Habrá que esperar. Mañana lo sabremos. Pero recuerda: la vida de mi hija está en tus manos. Ahora dúchate y vete a dormir. Tu habitación es la que hay al final del pasillo. Ya te he preparado la cama».

* * *

En mi lecho, la noche se tiñó de pesadillas que me arrojaban a los brazos de mujeres desnudas que trataban de someterme a una trifulca de cópulas encadenadas; pesadillas en las que mujeres hermosas, cuando ya habían logrado acoplarse a mi cuerpo, se transformaban en criaturas horripilantes.

Me desperté, empapado en sudores, cuando el reloj de la mesita de noche marcaba las dos en punto de la madrugada. Las gotas de sudor que resbalaban por mi cara –que, filtradas a través de las comisuras de mis labios, me dejaron un regusto salado en el paladar– reavivaron el recuerdo, todavía fresco, de mi prima Rocío, incendiada de belleza por unas fiebres inclasificables. Algunas lágrimas resbalaron por mis mejillas una vez que, reclinado contra la almohada, comprendí que el precio de tanta hermosura era su propia muerte (la desesperación me impidió recordar que aquel pueblo estaba atestado de hembras supervivientes). De modo que, enamorado de una belleza efímera, impulsado por el deseo de avivar su fuego, de disfrutarlo antes de que se redujera a cenizas, resolví que rescataría a mi prima de su lecho para llevármela a un lugar donde pudiera amarla, como suele decirse, con nocturnidad y alevosía; un lugar apartado que, además de intimidad, nos brindase un paisaje idílico, escarchado de

156

luna, azotado por las mareas, donde yo pudiera amarla antes de que su cuerpo y su alma fenecieran.

Entré en la habitación de Rocío sigilosamente para no alertar a sus padres. Me acerqué a su cama, la desperté con un beso en la frente (su belleza se había incrementado) y, en cuanto ella trató de articular palabra, le taponé la boca y le susurré, al oído, lo mucho que la deseaba. Ella me sonrió (o tal vez se tratara de un gesto provocado por el dolor que, inexorablemente, la conducía a la muerte); a continuación, sorprendida por el llanto, se abrazó a mi cuello (su tacto, como un cable deshilachado, me transmitió cien mil voltios de placer sexual). Recosté su cabeza sobre mi pecho y, seguidamente, le pregunté si podía andar, si se veía con fuerzas de acompañarme; me respondió, con una voz prácticamente imperceptible –que dejaba escapar un aliento febril pero sabroso–, que me seguiría allí hasta donde le permitiesen sus fuerzas. Encendido por su contestación (pero, sobre todo, por una belleza que seguía creciendo a medida que las fiebres se hacían más intensas y letales), la destapé del todo y, tal como estaba –desnuda, descalza–, la cogí en brazos y, como un raptor experimentado, la saqué del apartamento. Escoltados por la luna –ese faro amarillento que me dibujaba el cuerpo escultural de Rocío–, caminamos, no sé durante cuánto tiempo, por la orilla de la playa sin un rumbo fijo; caminamos agarrados de la mano, descalzos los dos, abstraídos de nosotros mismos en la mirada del otro; caminamos sin descanso hasta que una luz verde e intensa, la luz intermitente del faro, nos devolvió a la realidad, ofreciéndonos, a sus pies, un acogedor escondrijo de arena. Allí, en aquel recodo idílico, con la melodía de las olas orquestando el fragor de nuestros cuerpos, me fundí con la belleza sobrehumana de Rocío. Allí experimenté un placer que no se puede expresar con palabras.

* * *

Los destellos del amanecer me despertaron. A mi izquierda, se alzaba el faro verde; enfrente de mí, la resaca de las olas removía los guijarros de la orilla de la playa; y, a mi derecha, acurrucada sobre la arena, dormía mi prima Rocío. Aterrado, observé que su anatomía se había deshinchado, que había perdido toda aquella voluptuosidad de la que yo había gozado hacía apenas unas horas. Temí que estuviera muerta. Pero, cuando le puse la mano en la espalda, noté el ritmo estable de su respiración. Entonces retiré los mechones de cabello que le cubrían la cara y, con angustia, vi de nuevo las cejas espesas y los pómulos prominentes y la nariz porcina y la dentadura de asno y la mandíbula puntiaguda de mi prima Rocío. Entre dos rocas, que me sirvieron de soporte, vomité espasmódicamente. Cuando comprendí lo que había sucedido, dejé allí tirada a mi prima, abandonada a su suerte, e inicié la carrera hasta el apartamento de mis tíos. Una vez allí entré sin hacer ruido (yo había dejado la puerta entreabierta), recuperé mis maletas y, finalmente, tras esperar durante una hora interminable en la parada, cogí el autobús de línea con dirección a Almería. Pasé todo el día en una pensión. A la mañana siguiente, me monté en el tren de Madrid.

Y, aunque estimé que me marchaba para no volver, dejé olvidada en el Cabo de Gata mi semilla.

La enfermedad

Como cada noche, los amantes se encontraron en la falda de la montaña, junto al sendero ascendente que los conduciría al refugio de vetusta piedra, aquel que los preservaba del mundo circundante y que, además, les brindaba la posibilidad de regodearse en su delito. Cuando, auspiciados por las sombras, entrechocaron levemente sus cuerpos –que se buscaban a tientas– y coincidieron los alientos de sus voces susurrantes, ninguno de los dos pudo negarle al otro un beso apasionado, un beso delictivo, un beso que pertenecía al pasado del Hombre. Unieron sus manos y, guiados por la tenue luz de una linterna, ascendieron por el empinado sendero. Una vez que alcanzaron la cumbre de la montaña, asaltados de nuevo por un deseo pasional ya extirpado de su especie, juntaron por un momento sus labios y sus lenguas; y, a continuación, atravesaron la carretera, coronaron un pequeño montículo de tierra y, finalmente, se plantaron ante su refugio: una atalaya de piedra desde la cual, en tiempos remotos, los antiguos debían de vigilar la llegada de embarcaciones enemigas. Él, como todas las noches, desbloqueó con una ganzúa la cerradura que salvaguardaba a la población (sobre todo a la infantil) de los peligros que entrañaba una edificación en ruinas. Con la ayuda de la linterna y, en buena medida, de la memoria, esquivaron los obstáculos que salpicaban el suelo; bajaron, pues, sin problemas por las escaleras que conducían a un sótano cuya superficie estaba constituida, exclusivamente, de guijarros. (En muchas ocasiones, sus oídos habían constatado que los roedores merodeaban por aquel sótano, mas tenían la certeza de que nunca se acercarían al incendio de sus cuerpos). Tendieron un par de toallas en el suelo y dejaron la linterna encendida para que la luz que emitía les dibujara el cuerpo, el rostro y la mirada del otro. Y, como se supieron ya a salvo en la clandestinidad de aquel lugar apartado, se acariciaron y se fusionaron, pero no con la indiferencia de las bestias del ahora, sino con la pasión amorosa de los hombres del pasado.

* * *

—Virginia, llaman a la puerta. ¿Puedes abrir?

—No puedo: estoy en el lavabo. Ve tú. Quiera Dios que sea tu hijo.

—Eso espero. Porque, como no sea él, no sé qué excusa vamos a poner. —Eugenio, mientras hablaba, cruzó media casa, se acercó a la puerta del recibidor y miró por la mirilla. Sobresaltado, le gritó a su mujer—: ¡Virginia, sal ahora mismo, que ya están aquí! —A continuación abrió la puerta—. Buenas noches.

—Buenas noches, caballero. ¿Es usted Eugenio Espada?

—Sí.

—Llamó esta mañana al Departamento de Rehabilitación.

—Sí, sí; pasen, por favor.

En ese momento Virginia irrumpió en el recibidor y, cuando vio que su marido les había cedido el paso a los funcionarios, les dijo a éstos:

—Verán, hay un problema. Nuestro hijo no está en casa.

—Vaya, sí que es un problema —afirmó el más corpulento de los funcionarios—. ¿Es que acaso no sabían que vendríamos a esta hora?

—Sí, claro —respondió Eugenio—. Pero no hemos podido retenerlo. Lo sentimos mucho. No podemos con él. Le hemos dicho que venían sus tíos a cenar y que se tenía que quedar a la fuerza. Pero no ha habido manera: nos ha dicho que él no tiene tiempo para tonterías, que tiene cosas más importantes que hacer. Y entonces, cuando ha visto que no estábamos dispuestos a consentírselo, nos ha dado cuatro gritos, que si estoy harto de vosotros, que si me voy a largar de esta casa, que si esta sociedad es una mierda, y se ha ido dando un portazo.

—Entiendo. ¿Y hace mucho tiempo que se viene comportando así? —preguntó el funcionario de mayor rango.

—Más o menos un año. Dio un cambio de la noche a la mañana —respondió Virginia.

—Bueno, su hijo tiene... —el funcionario consultó una ficha que portaba en el bolsillo de su camisa negra— veinte años. Con esa edad todos somos un poco rebeldes. Quiero decir que, a lo mejor, no se trata de lo que ustedes piensan. En el Departamento recibimos muchas llamadas, y la mayoría, por fortuna, resultan ser falsas alarmas.

—Ojalá fuera así. Vamos, es nuestro hijo, y queremos lo mejor para él. Pero esta vez se ha echado a perder definitivamente. Le hemos encontrado unas cartas que no dejan lugar a dudas —ratificó Eugenio, constriñendo el semblante.

—Ya ven ustedes. Se pasa uno la vida educando a los hijos para que luego te lo paguen así —añadió Virginia—. Y eso que no hemos parado de prevenirlo desde que era chico, pero de qué nos ha servido… Una ve a esas pobres criaturas por la televisión, a las familias destrozadas, y piensa que esas cosas solo les pasan a las personas que no educan a sus hijos como Dios manda. Y, cuando menos te lo esperas, va y te encuentras con la desgracia en tu propia casa. La angustia que mi marido y yo estamos pasando no se la deseo a nadie.

—Por lo que veo están convencidos de que su hijo está verdaderamente Enfermo. ¿Podríamos echarle un vistazo a esas cartas, por favor? Como comprenderán, nos gustaría estar completamente seguros antes de tomar medidas.

—Síganme —les pidió Eugenio—. Las tiene escondidas en su habitación. Y hay más cosas.

—Voy a por el destornillador —dijo Virginia—. ¿Dónde lo pusiste la última vez?

—Está en el armario del lavadero; en la estantería de arriba; detrás de la taladradora —le contestó su marido.

Mientras Virginia iba en busca del destornillador, Eugenio guió a los dos funcionarios del Departamento de Rehabilitación hasta la habitación de su hijo.

—Están en su armario. La semana pasada, como ya nos temíamos lo peor, le registramos la habitación. Dimos con las cartas un poco por casualidad. Fue un presentimiento mío.

Eugenio abrió las puertas del armario y sacó, de su interior, un par de maletas y algunas cajas. En ese momento, su esposa irrumpió en la habitación empuñando la herramienta indispensable para acceder al botín de su hijo.

—Aquí tienes.

—Gracias —dijo Eugenio. Y, a continuación, con la ayuda de la herramienta, aflojó los tornillos que afianzaban una de las maderas a los bordes inferiores del armario; y, cuando la levantó, aparecieron, a los ojos de los expectantes funcionarios, un montoncito de sobres y, a la derecha de éstos, unos cuantos libros cuyos títulos ya comprometían, sobremanera, a su propietario—. ¿Ven lo que les decía? ¿Lo entienden ahora?

—Perfectamente. Estos libros lo dicen todo. Lo siento mucho por ustedes, de verdad. —El funcionario de mayor rango se dirigió a su compañero—: Que figuren como prueba A del caso.

El subordinado extrajo una bolsa de plástico de su maletín e introdujo en ella la media docena de libros; acto seguido, realizó algunas anotaciones en un cuadernillo rectangular en cuya solapa figuraba la insignia del Departamento. Por su parte, el funcionario dominante tomó, de la mano de Eugenio, las cartas del hijo descarriado y, después de seleccionar una de ellas al azar, se dejó llevar, durante un par de minutos, por su prosa delictiva y sentimental. Cuando dio la lectura por concluida, reveló su veredicto a los desgraciados padres:

—Esto es muy grave, señores. Su hijo se encuentra en una fase muy avanzada de la Enfermedad. Y, como es lógico, no está solo en todo esto. No se equivocaban. Han hecho muy bien en llamarnos. —El funcionario le entregó el manojo de cartas a su adlátere—: Que figuren como prueba B del caso.

—¿Y ahora qué? ¿Qué va a pasar con nuestro hijo? —preguntó Virginia.

—Bueno, ya lo saben… Tendremos que llevárnoslo y someterlo a tratamiento. Pero no puedo garantizarles nada. Es probable que su estado sea ya irreversible. Y, en ese caso…

Virginia, a la que se le saltaron las lágrimas, se abrazó a su marido. Éste, como el que trata de infundir coraje a un amigo cabizbajo, le dio unas cuantas palmaditas en la espalda.

—Tienes que afrontarlo, Virginia. Las cosas son como son. No hay vuelta de hoja.

—Y, díganme, ¿saben si su hijo ha abandonado la Medicación Preventiva?

—Nosotros le renovamos la dosis periódicamente, y él asegura que no ha dejado de tomársela en ningún momento. ¡Si usted viera los rebotes que se coge cuando lo ponemos en duda! Pero seguro que no se la toma; de lo contrario, ahora no estaríamos hablando de esto.

—Cierto. Bien, en vista de cómo está el panorama, esperaremos a que vuelva su hijo. Es mejor no dejar para mañana lo que podemos hacer hoy; su hijo podría sospechar y entonces se daría a la fuga. Y perdónenme ustedes si soy un poco brusco, pero la gente de su calaña no puede andar suelta por ahí. Supongo que están dispuestos a colaborar, ¿no? ¿Entienden que el bien de la sociedad está por encima del de su hijo?

—Por supuesto. Haremos lo que ustedes digan —respondió Eugenio, que ya se había separado de su mujer.

—Perfecto. Entonces vamos a organizarnos: cuando llegue su hijo, ustedes actúen con normalidad. Hagan lo que suelen hacer todas las noches. Nosotros nos quedaremos aquí, en su habitación, y esperaremos a que entre; así nos resultará más fácil reducirlo. Si llegara a sospechar algo, podría reaccionar con mucha violencia: cuando se encuentran bajo los efectos de la Enfermedad son totalmente impredecibles. ¿Creen que puede demorarse mucho?

—No tiene hora de llegada. Pero ya no puede tardar.

—Entonces, mientras tanto, les haremos el test de rigor. ¿Les parece bien? Si no, tendrán que hacérselo en el Departamento. Necesitamos los datos para determinar el tipo de entorno familiar en el que su hijo ha desarrollado la Enfermedad. No tardaremos más de cinco minutos.

—Tú qué dices, Virginia. Mejor ahora, ¿verdad? Así nos lo quitamos de encima —le sugirió Eugenio a su compañera.

La acongojada madre asintió.

—Bien. Quítense entonces la camisa y la blusa y siéntense ahí mismo, en la cama. Mi compañero les conectará al equipo y yo les iré haciendo las preguntas, a las que ustedes irán respondiendo alternativamente; primero contestará usted, Eugenio, y después su mujer. Recuerden que deben contestar sinceramente a todas las preguntas: la máquina detectará cualquier irregularidad. No hay forma alguna de burlarla. Bien, vamos allá.

Cuando todo estuvo dispuesto, comenzó el interrogatorio:

—¿Han dejado de tomar, durante alguna fase de sus vidas, la Medicación Preventiva? —inquirió el funcionario.

—No —contestó Eugenio.

—No —respondió Virginia.

—¿Alguna vez han sido propietarios de artículos prohibidos o han sentido la necesidad de obtenerlos?

—No.

—No.

—¿Hay antecedentes de Enfermos en sus respectivas familias?

—No.

—No.

—¿Por qué razones decidieron contraer matrimonio con sus respectivas parejas?

Eugenio invirtió algunos segundos en pensar su respuesta:

—Yo, como aconseja la Constitución, quería tener descendencia y formar una familia. Virginia me atraía físicamente y, además, tenía una personalidad compatible con la mía. Por otro lado, nuestras relaciones sexuales eran muy satisfactorias.

Acto seguido, Virginia expuso sus razones:

—A mí también me atraía el físico de mi marido. Además, su posición laboral me ofrecía seguridad económica. Era la mejor opción para formar una familia.

—¿Con qué frecuencia mantienen relaciones sexuales?

Eugenio, meditativo, escrutó la faz de su mujer y, a continuación, contestó:

—Unas tres veces a la semana.

—Así es —confirmó Virginia.

—Cuando realizan el acto sexual con sus respectivas parejas, ¿experimentan algún deseo que no sea meramente sexual? Es decir, ¿hay alguna sensación abstracta que los distraiga del placer físico?

—No.

—No.

—Entonces, en el momento del acto sexual, ¿entienden exclusivamente a su pareja como una fuente de placer?

—Sí.

—Sí.

—¿Sacrificarían su felicidad en favor de la de su pareja?

—No.

—No.

—Y, por último: si sus parejas infringieran alguna de las normas de convivencia que establecieron en su contrato matrimonial, de modo que su compañía ya no beneficiara sus intereses personales ni los de sus hijos, ¿recurrirían al divorcio o, en cambio, perdonarían a sus parejas esas infracciones y, al mismo tiempo, tratarían de ocultarlas?

—Recurriría al divorcio.

—Recurriría al divorcio.

—Pues ya está, señores. —El funcionario dirigió una mirada a su compañero, que supervisaba la pantalla del Detector de Mentiras, y le preguntó—: ¿Qué tal ha ido la cosa?

—Todo bien.

—Estupendo. Les felicito: han respondido con mucho aplomo. Desde luego, ustedes no han tenido nada que ver en la corrupción de su hijo. En ese sentido, pueden estar tranquilos.

—Es que nosotros le hemos dado una educación ejemplar —afirmó Eugenio, dueño de una voz fría y una expresión impasible.

—¡Dios mío, es que no tiene explicación! ¡Cómo ha podido mi hijo, con la educación que le hemos dado, llegar hasta este extremo! ¡Cómo ha caído en la tentación, con lo prudente y razonable que ha sido siempre! —se preguntó Virginia.

—Señora, las malas compañías estropean a las personas —sentenció el funcionario de mayor rango—. Les llenan la cabeza a los muchachos con montones de historias fantásticas, les garantizan que experimentarán sensaciones nuevas e inolvidables… Entonces los muchachos, engolosinados con esa felicidad prometida, deciden probar y, en cuanto dejan de tomar la Medicación, ¡ay!, ya están perdidos: tarde o temprano ocurre aquello de lo que la Medicación, precisamente, nos previene a todos. Es inevitable. Y después tenemos a los malditos traficantes, que ya se encargan de suministrarles, a un precio desorbitado, artículos prohibidos de todo tipo, con lo cual los muchachos, a la postre, se ven obligados a delinquir para poder obtenerlos; porque, como ya sabrán, una vez que desarrollan la Enfermedad necesitan información genuina sobre una materia en la que, como todo el mundo, son inexpertos. Así funcionan las cosas, señora. Pero no le estoy contando nada que usted no sepa, ¿verdad?

—Pues no. Una está harta de verlo por televisión. Pero quién me iba a decir a mí que mi hijo…

—Cualquiera puede caer, señora. No se angustie. Los médicos del Departamento harán todo lo posible para rehabilitarlo.

—Entonces, agente, ¿cree usted que nuestro hijo podría haber cometido algún delito, no sé, atracar alguna tienda o algo así? —intervino Eugenio, que, durante algunos segundos, había permanecido absorto.

—No sabría qué decirle. Desde luego, los libros que le hemos incautado a su hijo tienen un precio muy elevado en el mercado negro. ¿Él trabaja? ¿Tiene alguna cartilla de ahorros?

—No trabaja. Pero su abuela le abrió una cuenta corriente hace unos años.

—Bueno, en ese caso tal vez no haya llegado aún la sangre al río. Pero nunca se sabe.

—Quiera Dios que no haya hecho ninguna locura, que ya tiene suficiente con lo que tiene. —Virginia se liberó del brazo confortador de su marido, que rodeaba su cintura, y se acercó al funcionario; posó su convulsa mano sobre el hombro de éste y, con una voz apesadumbrada, le preguntó—: ¿Me lo tratarán bien? ¿No lo torturarán ni nada de eso, verdad? Ya sabe lo que se dice de las cosas que pasan en el Departamento, lo de los malos tratos y el ensañamiento con los Enfermos.

—Señora, por favor… No haga caso de las especulaciones de la gente. Lo que pasa es que, en muchas ocasiones, los Enfermos reaccionan con mucha violencia, y entonces sí hay que emplear la mano dura; pero nada más. Hágase cargo, estamos hablando de personas que han abandonado la Medicación.

En ese momento, el crujido de la cerradura de la puerta principal llegó a los oídos de los interlocutores. Virginia fue la primera en reaccionar:

—¡Ay, que ya está aquí! ¡Qué hacemos! ¿Salimos? ¿Y qué le decimos? ¡Ay, por Dios, no vayan a hacerle daño!

—Señora, cálmese. No vayamos a joderla —susurró el funcionario, que, con un leve movimiento de la cabeza, le ordenó a su compañero que guardara el instrumental en el maletín—. Hágame el favor de no gritar, ¿estamos? —La tremulosa madre asintió—. Muy bien. Y ahora hagan lo que hemos acordado.

—Vamos —le ordenó Eugenio a su mujer—. Acabemos de una vez.

La ejemplar pareja abandonó la habitación del hijo que había traído la desdicha a la familia. Con admirable aplomo, abordaron al Enfermo, el cual, mientras colgaba las llaves de casa en el panel metálico del recibidor, se vio sorprendido, en primer lugar, por la voz tajante de su padre; y, en segundo lugar, por la mirada misericordiosa de su madre.

—¡De dónde vienes, sinvergüenza!

174

—De dar una vuelta. Pero no vayamos a empezar otra vez. ¡Joder, todas las noches lo mismo!

—¡Tú y yo tenemos que hablar muy seriamente! ¡No te creas que te vamos a dejar hacer lo que a ti te dé la gana! —Contraatacó Eugenio, que, incapaz de contener la ira que lo carcomía, levantó la mano para otorgar más fuerza a sus palabras—: ¡Si es que me dan ganas de partirte la cabeza!

Virginia, que temió que la cólera de su marido pudiera espolear la rebeldía de su hijo –y, por consiguiente, complicar su detención–, intercedió entre las dos partes:

—Ahora no es tiempo de discutir. Anda, vete a la cama. Ya hablaremos mañana.

El Enfermo –la brillazón de la Enfermedad reverberaba en sus ojos— se desentendió de las amenazas de su padre y, sin embargo, acató la orden de su progenitora: atravesó el pasillo y el salón, se proveyó de unas lonchas de queso en la cocina y, prorrumpiendo un largo bostezo –que no era más que el eco del cansancio que le había causado el ejercicio de la pasión–, abrió la puerta de su cuarto. En cuanto cruzó el umbral, los alimentos, asidos por manos desprevenidas, se desparramaron por el suelo; el hocico del Enfermo, asimismo, fue a besar una de las lonchas de queso; inmediatamente, éste sintió el frío del metal en sus muñecas, que quedaron anudadas y prisioneras; a continuación, cuatro brazos fornidos lo levantaron del suelo. Desorientado, enfrentó su mirada a la de dos rostros inclementes, reprobatorios, que lo escrutaban. Y, cuando uno de aquellos rostros procedió a leerle sus derechos, descubrió, por debajo de aquel elocuente semblante, la inequívoca insignia del Departamento de Rehabilitación. Entonces la Enfermedad, que hasta entonces se había reflejado en sus ojos con destellos azules, reverberó en ellos roja como la furia.

—¡Soltadme, cabrones! ¡Yo no he hecho nada! ¡No me lo puedo creer, no me lo puedo creer! ¡Pero qué derechos ni qué derechos! ¡Yo no voy a ir a ninguna parte, hijos de puta! ¡Que me soltéis! —En ese momento Virginia y Eugenio, alertados por los gritos de su hijo, irrumpieron en la habitación—. ¡Mamá, pero os habéis vuelto locos! ¡Cómo me podéis hacer esto! ¡Me habéis tendido una trampa! ¡Me habéis condenado sin consultármelo! ¡Pero ¿es que no sabéis lo que me van a hacer?! ¡No sabéis lo que me van a hacer, maldita sea! —Al Enfermo le flaquearon las piernas y, consecuentemente, cayó arrodillado a los pies de los funcionarios, que lo sostuvieron por las axilas—. Me habéis traicionado, me habéis traicionado… Estáis todos equivocados —susurró el muchacho completamente rendido.

—¡Hijo mío, es por tu bien! ¡Tienes que curarte! —exclamó Virginia.

—¡No quiero curarme! ¡Estáis todos rematadamente locos! ¡Esta sociedad ha perdido el juicio! —sentenció el Enfermo.

—Llévenselo, por favor. Quítenlo de mi vista —dijo Eugenio, altivo y sereno, mancillando a su hijo con la más despreciativa de las miradas.

—Eugenio, que es nuestro hijo… —replicó Virginia, que trataba de insuflar algo de misericordia en el corazón de su marido—. Cuídenmelo mucho, por lo que más quieran.

—Señora, le repito que haremos todo lo que esté en nuestras manos. —El funcionario de mayor rango se percató entonces de que, antes de esposar al chico, no le habían quitado la mochila que éste llevaba en su espalda—. Vaya, tendremos que llevárnoslo con la mochila puesta. —Y, mientras él obligaba al Enfermo a tumbarse en el suelo, le ordenó a su subordinado—: Mira a ver qué lleva ahí dentro. —De la mochila, el funcionario extrajo una linterna y un par de toallas que, inmediatamente, le entregó a su superior—. Vaya, vaya, qué tenemos aquí. Una linterna, dos toallas húmedas y arrugadas... Muy interesante. —El funcionario de mayor rango devolvió estos objetos a su ayudante—. Guárdalos. Que figuren como prueba C del caso. —A continuación se despidió de los desdichados padres—: Bueno, señores, nos lo llevamos. Gracias por su colaboración. Son unos buenos padres y, ante todo, unos ciudadanos ejemplares. Y usted, señora, esté tranquila: los especialistas del Departamento harán todo lo posible por recuperar a su hijo. Se lo garantizo.

Por las mejillas del Enfermo, matizadas de rojo por la Enfermedad, resbalaron lágrimas impotentes y melancólicas. Una vez asumida su desgracia, permitió que los funcionarios lo alzaran del suelo por segunda vez, que lo guiaran, mientras era escrutado por la mirada lacrimógena de su madre, hasta la salida de su casa, a la que, por descontado, no regresaría jamás. Cuando alcanzaron la calzada, permitió que los funcionarios lo encarcelaran

–y que le aplicaran un severo correctivo que su ausente madre ya no podría denunciar– en la parte trasera de una furgoneta blanca en la que, como es obvio, las insignias del Departamento de Rehabilitación brillaban por su ausencia. Arrinconado en una de las esquinas de aquel cuadrilátero infranqueable y oscuro, trató de restañar, con la manga de su jersey –que olía a delito–, la sangre que emanaba de sus labios, mientras el corazón le martilleaba el pecho cada vez que las ruedas del vehículo encontraban un bache en su camino. Y entonces la fragancia melosa de su cómplice, adherida a su jersey, mezclada ahora con el almizcle de su sangre, lo enajenó de la realidad y, al mismo tiempo, lo sumió en un profundo estado de exaltación interior.

Entretanto, el funcionario de mayor rango, que había dejado la conducción del vehículo en manos de su subordinado, se dedicó a inspeccionar el manojo de sobres que le habían incautado al Enfermo. Uno de ellos, como carecía de matasellos, le llamó la atención. La carta manuscrita que contenía, a diferencia del resto, la firmaba el Enfermo; en la cabecera, además, figuraban el nombre y la dirección del destinatario. El funcionario, mientras acariciaba su porra, leyó aquellas frases contaminadas por la lectura de los Clásicos prohibidos:

Mi querida Laura, pronto hará un año que nos conocimos. ¿Te acuerdas de dónde fue, de cómo fue? Sé que te acuerdas. Pero, por si acaso, hoy me he empeñado en refrescarte la memoria, cariño mío, pues nuestro primer aniversario bien merece ser celebrado con un ejercicio retrospectivo, ¿no te parece?

En fin, Laurita de mis entrañas, que aún recuerdo el día en el que nos conocimos, el día en que tú y Patricia me abordasteis junto al lago del Parque Acrópolis y me hablasteis del grupo. Me dijisteis que, entre vosotros, descubriría la verdadera virtud de los hombres, que quedaría fascinado. Conseguisteis despertar mi curiosidad. Y tú, por supuesto, estabas preciosa; aunque entonces no te veía como te veo ahora, claro. Sí, la verdad es que, a pesar de que durante toda mi vida me habían advertido del peligro que entrañaban personas como vosotras, mi querida Laura, supisteis enredarme y atraerme. Yo sabía que hacía mal, que así empezaban todos; pero sentía curiosidad, deseaba saber, ahora que se me presentaba la oportunidad, qué clase de gente erais, qué hacíais en esas reuniones clandestinas de las que tanto hablaban los medios de comunicación. «Solo iré una vez. No volveré más», me dije a mí mismo. ¡Qué equivocado estaba, cariño! Pero no me arrepiento. Todo lo contrario: aunque soy consciente de lo mal que puede acabar todo esto, volvería a hacerlo si pudiera retroceder en el tiempo. Porque allí, en el grupo, rodeado de personas puras, descubrí que todos somos, sin excepción, seres humanos incompletos. Me trazasteis el camino que debía seguir para recuperar los rasgos humanos que se me habían sustraído y, al mismo tiempo, me animasteis y me ayudasteis a recorrerlo. Las sesiones eran fascinantes, maravillosas; los libros que leíamos en voz alta, auténticamente reveladores. Gracias a ellos puedo ahora quererte, Laura mía. Sin ellos, sin la magia que depositaron en mi alma, jamás me habría decidido a abandonar la Medicación. Pero, gracias a Dios, dejé de tomarme esa bazofia. Y entonces ocurrió. No de forma inmediata, por supuesto, pues las secuelas de la Medicación tardaron en desaparecer; pero, desde luego, tus artes de mujer aceleraron el proceso. Con el paso de los días, ya libre de mis ataduras, una inédita exaltación se fue adueñando de mis sentidos; y pronto descubrí que en ti, mi adorada Laura, estaba la causa; tus miradas, tus caricias soterradas, tu voz de caramelo, que solo se aterciopelaba cuando a mí se dirigía, me estaban robando el corazón. Y lo encarcelaron. Entonces me sentí dichoso. Los libros no mentían. Aquella sensación que me embriagaba era maravillosa. Y, aunque por entonces yo ya había besado otras bocas, todas me parecieron insustanciales cuando me entregué a la tuya y sentí su fuego; porque si hasta entonces, al besar otras bocas, no había notado más que el contacto de una saliva y de una lengua ajenas —que me proporcionaban un placer ridículo y efímero—, al besarte a ti sentí, sin embargo, cómo todo tu ser se acumulaba en mis labios; tus entrañas crepitaban en mi boca. Así, a partir de entonces, tú y yo fuimos uno, y el resto del mundo desapareció a nuestros ojos. Entonces me confesaste que te habías enamorado de mí en el Parque Acrópolis, en donde me veías todos los días; por eso, cuando tu amor se hizo ya incontenible, decidiste acortar las distancias que nos separaban: me llevaste a tu terreno, me introdujiste en el grupo; y, con angustia, con incertidumbre de enamorada, esperaste y deseaste que, con el tiempo, yo también me enamorara de ti. Todo eso me dijiste, mi vida. Y entonces comprendí que el amor es lo más grande que hay en este mundo. Desafortunadamente, el mundo en el que vivimos lo ignora.

Eso es todo, cariño. Completa ahora, por favor, mis recuerdos con los tuyos. Espero, ansioso, tu respuesta.

Tu amante, tu compañero, tu amigo.

—Este cabrón está muy mal. Vamos, que no tiene cura; seguro que se lo cepillan —le comentó, tras devolver la carta a su sobre correspondiente, el funcionario de mayor rango a su compañero—. Tío, de verdad que estoy harto de esta escoria de gente. Qué asco me dan. Y lo que menos soporto es tener que fingir ante los familiares. Si de mí dependiera, me los cargaba a todos sistemáticamente; nada de tratamientos ni gilipolleces. ¿Tú sabes lo que le cuesta a la Sanidad Pública la rehabilitación de todos estos mierdas? Nada, yo los mandaba a todos al hoyo directamente, que es donde se merecen estar. ¿Tú qué dices?

—Yo no digo nada.

—Macho, cómo se nota que eres nuevo. Anda que no estás verde. Pero ya te irás espabilando. Ya verás qué pronto le coges el gustillo a tu porra. De eso me encargo yo.

La furgoneta giró una esquina y, tras recorrer una larga avenida, se detuvo ante la entrada del Departamento de Rehabilitación, custodiada, desde el interior de un receptáculo compuesto de aluminio y metacrilato, por un funcionario que acababa de inaugurar su turno de noche. Éste, en cuanto reconoció los rostros que se escondían tras los cristales de la furgoneta, prescindió de las formalidades habituales y, mientras les enviaba un escueto saludo a sus compañeros de vigilia, accionó el mecanismo que abría la cancela de lanzas negras y afiladas. Entonces la furgoneta, orientada por sus faros iridiscentes, se abrió paso entre la penumbra que acaparaba el aparcamiento al aire libre del Departamento de Rehabilitación. Se estacionó entre dos furgonetas blancas y anónimas.

—Venga, vamos a ver qué tal está nuestro pimpollo. Tengo ganas de acariciarlo un poco —dijo el funcionario de mayor rango con un tono pusilánime y sardónico.

—¿No crees que te tomas demasiado en serio tu trabajo? —ironizó su novato compañero—. No quiero meterme en líos por tu culpa.

—Vamos a ver si nos entendemos de una vez: yo soy tu superior y, por tanto, si te digo que le atices, tú vas y le atizas. ¿Entendido? Aquí nadie te va a reprochar que le des a un cabrón de mierda como ese lo que se merece. Es lo normal. Todos lo hacemos. Y, si no te gusta, lo mejor será que te vayas buscando otro trabajo. —Abrió la guantera y cogió las llaves con las que abriría la puerta trasera de la furgoneta—. Qué pasa, ¿se te ha comido la lengua el gato? Anda, vamos a por él.

Las puertas se abrieron, con lo cual la oscuridad que envolvía al reo perdió cierta intensidad, lo que facilitó a los funcionarios la contemplación del rostro enajenado del Enfermo. Éste, embebido en su desgracia, no reparó en la presencia de sus carceleros, que, sin romper el silencio, aguzaron el oído para tratar de escuchar y comprender la letanía de susurros que su boca profería:

«Laura, mi Laura… Me han descubierto, cariño; me han atrapado y me alejan de ti para siempre… ¡No volveré a verte, Dios mío! ¡No volveré a besarte! ¡No volveré a mirarte a los ojos, esos que tienes tan lindos, tan sinceros! Ay, mi Laura, nos han traicionado. ¡Qué bonitos recuerdos, tesoro mío! Pero se acabó… ¡Pero qué digo, cariño, nuestro amor es eterno! Sí, yo estoy muerto; pero tú, mi fiel compañera, carne de mi carne, ¡en cuanto conozcas mi muerte te cortarás las venas y te reunirás conmigo! ¿A que sí? ¡Volveremos a vernos, Laurita!».

—¡Pero tú oyes las barbaridades que está diciendo este mamón! ¡Tú lo oyes! —se escandalizó el funcionario dominante—. ¡Es que no lo aguanto! ¡Estás en las últimas, chaval! ¡Tú, que te estoy hablando! Míralo, ni se entera, el muy desgraciado. —Como vio que el Enfermo no se inmutaba, el funcionario desenfundó su porra y le golpeó con ella las costillas. El restallar de sus propios huesos sacó al joven de su trance—. ¡Tú, novato, no te quedes con los brazos cruzados y ven a ayudarme!

Aquél, resignado, acató la orden de su superior. Y, entre los dos, emularon la paliza que le habían dado al Enfermo hacía apenas media hora. Fueron golpes, en cualquier caso, estratégicos; golpes dolorosos que, si bien magullaron al Enfermo, no le causaron lesiones internas; golpes que no sustrajeron movilidad a sus extremidades. De modo que, en el momento en que el funcionario de mayor rango consideró que la integridad física del Enfermo ya comenzaba a peligrar, dejó de golpearlo y le ordenó a su subordinado –que ya comenzaba a entusiasmarse– que contuviera también su porra. A continuación lo levantaron, lo sacaron del vehículo y, agarrándolo por las asas que formaban sus brazos, lo guiaron, a través de un laberinto de vehículos, hasta la puerta que sellaba la entrada del edificio. Entonces ambos funcionarios deslizaron sendas tarjetas de identificación por una ranura –gobernada por un interfono– situada en el chaflán de la puerta; acto seguido, le susurraron sus nombres en clave al interfono. Transcurridos unos pocos segundos, las dos hojas de la puerta retrocedieron en sentido contrario. Accedieron entonces al vestíbulo, desértico y silencioso, que le debía la claridad que lo gobernaba a la potente luz que expelían, desde el techo, tres hileras paralelas de tubos fluorescentes. En aquel desierto de baldosas blancas una señorita –ataviada con una bata celeste– observó, desde su oasis de ficheros y ordenadores, a las tres figuras que se aproximaban; inmediatamente, escondió la novelita que estaba leyendo debajo del mostrador. Y, cuando los funcionarios y el Enfermo llegaron a su altura, encendió uno de sus ordenadores y dijo:

—No tiene muy buena pinta. ¿Se ha resistido?

—Uf, no sabes cuánto. Es un puro nervio —le contestó el funcionario de mayor rango—. Pero ya está más suave, ¿verdad, hijito?

El Enfermo posó su mirada en los ojos celestes de la secretaria; una vez que los hubo contaminado con su propia tristeza, desparramó su mirada por el suelo, ese gran charco de leche.

—Qué pena, con lo joven que es… En fin, qué le vamos a hacer. Dame sus datos. —La secretaria introdujo las referencias del Enfermo en el ordenador, que, en pocos segundos, le asignó aleatoriamente una de las muchas habitaciones que había disponibles y, al mismo tiempo, una plantilla de médicos que tratarían su caso en lo sucesivo—. ¿Tenéis algo que entregarme?

Como respuesta a la pregunta de la mujer de ojos celestes y tristes, el funcionario abnegado depositó, sobre el oasis marmóreo de la recepcionista, el maletín que asía con su mano derecha. De su interior sacó las bolsas de plástico, que contenían, por un lado, los libros corruptores; y, por otro, la correspondencia del Enfermo.

—Aquí tienes.

—Bueno, falta la mochila —añadió el funcionario de mayor rango señalando la espalda del Enfermo—. En cuanto lo dejemos en su habitación te la traigo, ¿vale?

—De acuerdo. Esperad, que os entrego la llave. —La recepcionista les dio la espalda a los funcionarios para buscar, en un inmenso panel de aluminio, la llave correspondiente a la habitación que el ordenador había elegido—. Aquí tenéis. Habitación treinta y cinco.

Mientras los funcionarios abandonaban el vestíbulo y, ya en un estrecho pasillo, esperaban a que el ascensor descendiera hasta la planta baja, la recepcionista trasladó las bolsas de plástico –que constituían las pruebas A y B del caso– a una buhardilla contigua a la recepción.

Las puertas del ascensor se abrieron en la quinta planta. El Enfermo, sumiso, se dejó arrastrar (le flaqueaban las piernas) por un pasillo cuyo suelo, de un descolorido color rojizo, contrastaba con las albicelestes texturas de las paredes. Mientras avanzaban pudo ver, a través del ínfimo marco de cristal que presentaban las puertas de las distintas habitaciones, a figuras humanas de todo tipo que, en algunos casos, dormían (o fingían dormir) en su lecho, y que, en otros, deambulaban insomnes por la habitación; el Enfermo de la habitación treinta y tres acercó su cara al cristal para, tal vez, comunicarle su desesperación. Enseguida el funcionario de mayor rango le sugirió, con un elocuente movimiento de la porra, que apartase del cristal su asquerosa cara.

Se detuvieron, pues, ante la puerta del calabozo que le había tocado en suerte al joven Enfermo, al que, de repente, le sobrevino una ráfaga de arcadas que desembocaron en un vómito espeso y rugoso que, como una cascada horizontal, diseminó su mejunje por el suelo, la puerta y la pared. Las lágrimas, apelotonadas en sus ojos, le nublaron la visión; sus piernas cedieron y, como los funcionarios –asqueados– le habían soltado los brazos, hincó las rodillas y las palmas de las manos en el suelo, salpicado por las esquirlas de sus entrañas. «¡Mierda! ¡Me cago en la madre que te parió! ¡Mira cómo lo has puesto todo, desgraciado!», exclamó el funcionario de mayor rango; su compañero, superado por la situación, tuvo que apoyarse en la pared, lejos del mejunje que la decoraba, para no sucumbir al vahído que le sacudía la cabeza. «¡Joder, qué asquerosidad!», dijo el funcionario inmisericorde mientras su subordinado, que palidecía como lo hacía el propio Enfermo, se alejaba de su lado. «¿Y a ti qué te pasa? ¿No has visto nunca un vómito? ¡Hay que joderse con el novato!». El funcionario, desentendiéndose de su turbado ayudante, deslizó la llave por la cerradura de la puerta y, tras golpearla con la punta de su bota, hizo lo mismo con el cuerpo abatido del Enfermo. Una vez que hubo empujado aquella bolsa de basura hasta el centro de la estancia, la liberó de las esposas, la desposeyó de la mochila y, para finalizar, la conminó a que se quitase toda la ropa. La bolsa de basura obedeció. Y, mientras ésta se desnudaba, el funcionario abrió la puerta corredera de un armario y descolgó, del perchero, una bata blanca que depositó sobre el catre; la ropa del Enfermo la amontonó en el interior de un contenedor provisto de ruedas que descansaba en una esquina de la habitación; seguidamente, lo cogió por una de sus asas y, echándose la mochila a la espalda, le dijo al Enfermo que se pusiera la bata, que se acostara y que soñara, si podía, con los angelitos, ya que, en cuanto despertase, las pocas horas que le quedaban de existencia iban a ser, con toda seguridad, las más desagradables de su vida.

* * *

El Enfermo despertó de un sueño surrealista durante el cual había vivido, junto a su amada Laura, en una ciudad deshabitada donde todo estaba a su alcance pero nada ni nadie podía alcanzarlos a ellos. Los chasquidos de una cerradura –los primeros elementos de la realidad que irrumpieron en su cerebro– le devolvieron la consciencia y, asimismo, activaron en su memoria los acontecimientos que habían acaecido la pasada noche. En un principio, creyó que éstos eran escenas pertenecientes a alguna de las pesadillas que lo habían martirizado durante el letargo; pero, casi al instante, se dio cuenta de que, si bien aquella oscuridad que lo cegaba no era distinta a la de su habitación, los propios gemidos de los muelles de la cama, el olor de las sábanas y la esponjosidad de la almohada habían mudado su naturaleza. Entonces todo cobró sentido. Recordó la ubicación del interruptor que había pulsado antes de acostarse; así que, tanteando con su mano derecha la pared contigua a la cama, consiguió dar con él y, a continuación, accionarlo. La luz de los focos, que iluminaron las paredes blancas y el armario, confirmaron que aquel escenario opresivo no había ambientado ninguna de sus pesadillas. Aún no se habían acomodado sus ojos al resplandor de aquellas lánguidas luminiscencias, cuando la puerta de su celda se abrió y, contra las paredes, resonaron unos pasos metálicos. El Enfermo se reclinó y dirigió su todavía turbia mirada hacia el lugar de donde procedían los pasos; descubrió, situado a dos metros de la cama, un incólume uniforme de funcionario, pero no reconoció los rasgos faciales del que lo rellenaba. Antes de que pudiera desperezar los ojos y, por consiguiente, hacer frente a aquella visión con mayor seguridad, el funcionario le espetó:

—Levántese. Tiene que acompañarme.

—¿Adónde? —preguntó el Enfermo, como si, fuese cual fuese la respuesta, él contara con la posibilidad de desobedecer.

—Póngase estas zapatillas y acérquese —le ordenó el funcionario, lanzándolas sobre las sábanas de la cama. El Enfermo, por su parte, acató las dos imposiciones—. Bien, ahora gírese.

—Un momento…

—Cállese. —El funcionario le esposó las muñecas y le vendó los ojos con un pañuelo negro.

—¡Espere! ¡Qué es esto! ¡No van a darme una oportunidad!

—Le he dicho que se calle. No se lo repetiré más. Vamos, le están esperando.

El joven reo, conducido por el nuevo funcionario, recorrió un mundo de tinieblas donde los sonidos, leves y esporádicos, sustituían torpemente a las imágenes. Después de seguir una trayectoria zigzagueante por múltiples pasillos, coronaron una hipotética escalera de caracol que acogía en su cúspide una de las tantas salas de interrogatorios que había repartidas por el edificio.

—Entre. —El funcionario le quitó la venda, pero no lo liberó de las esposas. Acto seguido, le dejó entornada la puerta de la sala de interrogatorios—. Le he dicho que entre. Y, por su propio bien, compórtese.

La estancia presentaba tres paredes estucadas y una de espejo; en su centro, había una mesa rectangular con dos sillas situadas en una posición enfrentada; una de las sillas estaba ocupada por una señorita de rasgos finos y esbelto cuello que, en cuanto había escuchado el murmullo de unos pasos al otro lado de la puerta, había levantado su mirada de los documentos que había estado estudiando desde primera hora de la mañana. El Enfermo mantuvo las distancias con la señorita de la bata blanca y esperó, como le aconsejaba el sentido común, a que ésta le diera instrucciones.

—Siéntese, por favor —le dijo aquélla con una voz dulce pero nada indulgente.

Así lo hizo el joven de los ojos vidriosos y enfermos, que, una vez acomodado en su silla, apoyó sus manos anudadas sobre la mesa y enfrentó sus pupilas convale-cientes y displicentes con las de la señorita, tan parecidas –menos en el brillo enfermizo– a las de su Laura.

—Buenos días. Soy la psiquiatra del equipo médico que evaluará y tratará de invertir su estado. Supongo que habrá oído hablar del Procedimiento. En cualquier caso, poco importa. Hablemos de usted. Hablemos de su estado; en fin, de su nada halagüeño estado. —La doctora estableció una pausa meditativa en su discurso y, después de sobrevolar los documentos para recolectar algunos datos, dijo—: ¿Sabe por qué se encuentra aquí, verdad? Dígame, ¿qué le parece todo esto?

—Una putada. Una barbaridad —contestó el Enfermo, el cual, antes de entrar en la sala de interrogatorios, se había propuesto no decir ni una sola palabra. Sin embargo, la acertada pregunta de la experimentada doctora había logrado que su cólera se impusiera sobre tal propósito.

—Entonces, según entiendo, usted no se considera un Enfermo —indagó la doctora.

—Ustedes sí que están enfermos. Mis padres, mis vecinos, el Presidente…, todos están enfermos. Bueno, todos menos el perro de mi abuela, que está la mar de sano —se burló el muchacho.

—Explíqueme eso. Parece interesante. Desde luego, es algo sobre lo que se puede discutir.

—Que le explique qué.

—Eso de que somos los demás los que estamos enfermos.

—Para qué, ¿para que se burle de mí y yo termine escupiéndole a la cara?

—No se confunda. Mi trabajo no consiste en reírme de usted ni en hacerle la vida imposible. Yo estoy aquí para ayudarlo. Y, en ese sentido, me será muy útil conocer su opinión sobre ciertas cosas.

—Ya veo. Trata de ganarse mi confianza. Pero no va a conseguir nada. Como tampoco van a conseguir que yo deje de sentir lo que siento. ¿No lo ha sentido nunca? No, no tiene ni puta idea. La compadezco. Los compadezco a todos.

—¿Compadece a los demás porque no pueden sentir lo que usted siente? Dígame entonces, ¿qué es exactamente lo que siente?

—Ha leído mis cartas —señaló los documentos sobre los que la doctora apoyaba sus codos—, así que puede hacerse una idea. Además, usted trata con gente como yo a diario.

—Afortunadamente, no tan a menudo como usted cree. Pero no nos desviemos de su asunto. Hábleme de su estado. Cuénteme, por ejemplo, qué es lo que más le preocupa en este momento.

—¿Usted qué cree? No volveré a verla. Eso es lo que me preocupa. Lo demás me importa un carajo —contestó el Enfermo, el rostro pletórico de soberbia.

—Una respuesta coherente con su estado. O sea, que solo le preocupa perderla a ella. Y la muerte, ¿acaso no le preocupa?

—¿La muerte, dice? —sonrió—. La vida sin ella no tiene sentido.

—Una frase muy bonita. Pero no por ello deja de ser absurda y, por tanto, totalmente reprobable. —La doctora frunció el ceño y cruzó los brazos—. En resumidas cuentas, usted no teme perder la vida, el don más preciado del que disponemos, sino el objeto de su obsesión, de su deseo, el objeto que alimenta su Enfermedad. ¿Se da cuenta de lo que eso significa? Ese es uno de los grandes males de su patología. Usted ya no es usted. Usted es la otra. Por eso está aquí. ¿Me comprende?

—No, no la comprendo. Solo comprendo que no puede hacerme daño algo que me hace sentir tan dichoso. Algo que, por otra parte, ha sido el sustento vital del Hombre durante muchos siglos.

—No se deje engañar. Esa sensación de euforia que experimenta no es más que la máscara de la Enfermedad, el atractivo anzuelo que lo mantiene prendido a ella. Los Enfermos no son capaces de ver más allá de su Enfermedad, pues en ella reside el mundo. Usted vive una realidad distorsionada por una serie de complejas alteraciones químicas que, a consecuencia de la suspensión de la Medicación, han tenido lugar en su organismo. Todo lo que antes desempeñaba una función importante en su vida se ha convertido ahora en algo accesorio. Su propio yo, su propio espíritu narcisista, del que nadie debería prescindir jamás, se ha esfumado para dejarle libre su puesto a un objeto en el que se centran todas sus obsesiones. Ese objeto de carne y hueso transforma su personalidad, lo disocia del mundo y, por consiguiente, lo convierte en una persona insociable y en un ciudadano peligroso. Por decirlo de algún modo, usted sufre el más poderoso estado de dependencia que ha conocido la Humanidad, un mal congénito, inherente al ser humano, fuertemente arraigado a su código genético. Es una malformación que ha surgido y se ha consolidado a lo largo de la evolución de la especie. Una malformación que nos hace tremendamente vulnerables y que nos ha procurado, aunque a usted le cueste creerlo, grandes sufrimientos. Es la culpable de muchas desgracias. Ha derramado mucha sangre a lo largo de la Historia de la Humanidad. Además, le estoy hablando de una patología que se subdivide en otras muchas patologías, todas ellas incontrolables. Y usted lo sabe. O al menos lo sabía. Ahora, no cabe duda, es incapaz de comprenderlo.

—Un discurso muy elocuente, doctora —intervino el Enfermo—, pero nada convincente. Los seres humanos somos como somos. Y nadie puede obligarme a tomar una Medicación represiva. Nadie puede obligarme a renunciar a mi naturaleza. Si supieran todo lo que yo sé, si sintieran todo lo que yo siento, comprenderían el terrible error que están cometiendo. La Enfermedad, como ustedes lo llaman, es precisamente lo que nos hace humanos. Yo adoro a mi Laura; haría cualquier cosa por ella, lo dejaría todo por ella… ¿Qué hay de malo en eso? Ha sido así siempre. Tenemos testimonios de ello. ¿Quiénes somos nosotros para contradecir a la madre naturaleza?

—Le entiendo. Soy consciente de que usted cree ciegamente en lo que dice. Pero estamos de nuevo ante otro de los efectos nocivos que la Enfermedad provoca en su organismo; y éste, quizá, sea el más peligroso de todos, pues refuerza al resto. Y es que la Enfermedad, como mecanismo defensivo, reviste todo lo que le concierne de un halo de veracidad inquebrantable. Como ya le dije anteriormente, los Enfermos no pueden ver más allá de la Enfermedad porque en ella reside el mundo.

—Sí, claro. Usted qué me va a decir. Pretende enredarme. ¿Sabe una cosa?, no pienso seguir escuchándola. Estoy harto de oír gilipolleces. Quiero volver a mi habitación —Como vio que la doctora articulaba una sonrisa, añadió—: ¿O no estoy en mi derecho?

—No tiene permiso para volver a su habitación. Y, desde luego, ya no tiene derechos. Ha infringido las normas, ¿recuerda? Podemos hacer con usted lo que queramos. Y ahora escúcheme: todavía tengo cosas que contarle sobre la Enfermedad. Por ejemplo, ¿piensa usted que hay alguna felicidad eterna? ¿De verdad cree que puede permanecer en la cúspide indefinidamente?

—No sé qué trata de decirme.

—En la actualidad, usted se encuentra en la etapa balsámica de la Enfermedad; una etapa que, aunque no deja de ser perniciosa porque anula su personalidad y reduce extremadamente el mundo exterior, resulta, he de reconocerlo, ciertamente atractiva. Ahora bien, esa etapa, fundamentada en la euforia de la que antes le hablaba, no es eterna. Tarde o temprano se resquebraja. La euforia es el reclamo que garantiza el engaño y, posteriormente, la destrucción. Porque la Enfermedad lo aniquila todo. Y ustedes, los Enfermos, son el continente que arrasa. Cuando esté a punto de tocar el cielo con los dedos o ya se encuentre cómodamente instalado en él, la Enfermedad empuñará su guadaña. Entonces el objeto de su deseo, el centro del mundo hasta entonces, en lugar de dicha y alegría solo le procurará sufrimientos; y esos sufrimientos son múltiples y variados, prácticamente infinitos, y se acumulan y se combinan en función de las circunstancias en las que se encuentre cada Enfermo. Y esos sufrimientos ocasionarán en su organismo –y, probablemente, en el del otro– una necrosis irreversible. Y no piense que podrá liberarse de esos terribles sufrimientos, ya que, aunque será capaz de reconocerlos y atisbará la forma de escapar de ellos, la Enfermedad, implacable, le arrastrará nuevamente hacia ellos en cuanto su raciocinio emprenda la huida. Así pues, será su lucha una lucha consigo mismo; y, durante ese proceso de ida y vuelta, perderá, en el mejor de los casos, su estabilidad psicológica y su integridad moral. Se convertirá en un despojo. Y entonces maldecirá, como usted dice, nuestra naturaleza.

—Eso no me va a ocurrir. Nuestros lazos de unión son demasiado fuertes. Jamás nos haríamos daño. El daño siempre viene del exterior. Nuestro estado es ideal. Sé lo que me digo, señora; he leído mucho sobre el tema. Así que no podrá persuadirme con su retórica.

—Sí, me consta que ha leído mucho. Pero, dígame, ¿no ha obviado de esas lecturas el terrible daño que la Enfermedad inflige a sus víctimas?

—Sé adónde quiere ir a parar. Y voy a decirle lo que quiere escuchar: si algún día llega, estoy dispuesto a soportar el dolor. Lo acepto y lo asumo. Es más, el dolor, el sufrimiento, engrandece mis sentimientos y me hace más humano.

—¿Ve?, usted se siente como un dios en su influyente plenitud, y todo cobra sentido a través de la Enfermedad. Es lo que yo me imaginaba. Su estado es crítico. Evidentemente, no era mi intención convencerlo con esta pequeña charla. Sería inútil. Solo pretendía constatar lo que ya traslucían los documentos que le hemos incautado. A partir de ahora, le someteremos al Procedimiento. Le pondré al corriente sobre sus particularidades: le someteremos, en una sola sesión, a un tratamiento químico que, desafortunadamente, solo da resultado en el cincuenta por ciento de los casos; en la actualidad, la ciencia todavía no ha encontrado un método más efectivo; el más eficaz, sin duda, es la Medicación Preventiva; pero, una vez que es abandonada y la Enfermedad cala en el organismo, ésta resulta inútil; por el momento, el tratamiento químico al que le someteremos es el único que puede invertir su estado, pero, como ya le he dicho, su efectividad no está garantizada y, en definitiva, depende de las particularidades de cada Enfermo. Eso es todo. ¿Tiene alguna pregunta?

—Pues sí. ¿Cómo sabrán si el tratamiento ha dado resultado? Quiero decir que, ahora que lo pienso, no me resultaría difícil fingir mi recuperación. Porque dudo mucho que sean capaces de leerme el pensamiento.

—No sea ingenuo. Créame, si finge estar recuperado, lo sabremos.

—Me da igual. Ya he asumido mi destino. Poco me importa lo que vayan a hacer conmigo. Y, si he de serle sincero, deseo con toda mi alma que el tratamiento no surta efecto; es más, estoy convencido de que mis sentimientos son demasiado fuertes y que nada ni nadie podrá deshacerlos. No podrán doblegarme. De hecho, prefiero morir a volver a ser lo que era.

—Todas esas estupideces no las dice usted. Es la Enfermedad la que las desliza por su boca. Con un poco de suerte, mañana verá las cosas de un modo diferente. Podrá volver entonces con su familia y comenzar una nueva vida. De lo contrario, tendremos que arrebatársela.

—¿Y ustedes se llaman médicos? No se engañe: son todos unos asesinos, además de unos grandísimos hijos de puta. Y ahora ¿me puedo ir ya?

—Aún no —dijo la psiquiatra, impertérrita—. Tengo algo que enseñarle. Levántese, por favor, y acompáñeme hasta la pared de espejo. —La doctora se levantó, se acercó a la puerta por la que había entrado el Enfermo y la golpeó un par de veces. Entonces el funcionario que lo había traído irrumpió en la sala y se quedó junto a la puerta—. Abra bien los ojos. —La psiquiatra, que había alcanzado la pared de espejo, introdujo su mano derecha en un bolsillo de su bata. Acto seguido, el cristal opaco que hasta entonces había duplicado sus cuerpos se fue transformando en un cristal transparente que allanaba la intimidad de la sala contigua—. ¿Conoce a esa mujer?

Al otro lado del cristal el Enfermo descubrió, tapizando el respaldo de una silla, la cabellera rizada de Laura. Su propietaria, que le ofrecía el perfil de su rostro inconfundible, parecía estar escuchando el discurso de la que debía de ser otra psiquiatra del centro.

—¡Laura, Laura! ¡Soy yo, Laura! —exclamó el Enfermo golpeando el cristal con desesperación.

—No se esfuerce: ella no puede escucharlo.

—¡No se les ocurra tocarla! ¡Me ha oído! —El Enfermo, con las manos esposadas, se acercó a escasos centímetros de la doctora para tratar de intimidarla—. Me dan ganas de estrangularla.

—Me lo imagino. Pero debería darme las gracias. Al fin y al cabo, le estoy dando la oportunidad de verla, por última vez, con los ojos de la Enfermedad. Si todo sale bien, mañana la verá de un modo distinto, del único modo que debe verla. Ni siquiera podrá recordarla. Ella se convertirá en una desconocida. Así que, como ya le he dicho, debería mostrarse agradecido.

—¡Nada de eso ocurrirá, mala puta! —El Enfermo notó que unos brazos poderosos lo inmovilizaban.

—Ya lo veremos. Pensaba darle la oportunidad de contemplarla durante más tiempo. Pero no se lo ha ganado. Ahora mismo será trasladado al quirófano. Todo está listo para la intervención. Le deseo mucha suerte. Y a ella también.

* * *

Qué dolor de cabeza. Todo le daba vueltas. Y los ojos, ¡cómo le escocían los ojos! Se encontraba muy cansado. No lo entendía, ¿qué le había pasado? ¿Por qué le costaba tanto moverse? A ver… Sí, aquello era una cama. Pero no era la misma. Debía de estar en otra parte. ¿En el quirófano? Abriría los ojos si no le escocieran tanto. Venga, poco a poco, que no era para tanto. Uf, tenía las pestañas pegadas. Si pudiera… ¡Pero si no estaba esposado! Qué alivio. Veamos, con cuidado. Bien, ya estaba. ¡Mierda, maldita luz! ¡No veía nada! Tranquilidad, seguro que era solo un momento. Ahora sí, ya veía mejor. No tenía por qué perder los nervios antes de tiempo. Lo sabía: estaba en otro sitio. Pero ¿dónde? Aquel foco no alumbraba nada. ¿Qué es lo que había al fondo de la habitación? No podía verlo con claridad. Imposible, desde su posición no lo veía. Sería la puerta. Y estaría cerrada. Mejor se quedaba en la cama, porque le estaba entrando un mareo… A lo mejor estaba muerto. ¿Era lo que se solía pensar en esos casos, no? Qué va, la muerte no podía ser tan dolorosa. Seguro que en cualquier momento entraban aquellos cabrones y le empezaban a pinchar por todos sitios. Podían ahorrarse el esfuerzo y matarlo directamente. ¡Mira que si mañana se despertaba y ya no se acordaba de su Laura! ¿Y si conseguían borrarla de su vida? No creía que fuera posible, pero tenía mucho miedo. Qué le estarían haciendo. No quería ni pensarlo. Vaya, ahora se le estaban saltando las lágrimas. Decían que llorar era bueno. No era bueno ni malo. ¡Joder, que los iban a matar a los dos! Porque sí, porque eran peligrosos, decían. Y ahora le daba por reírse. Nunca había visto a nadie reír de pena. Era curioso, cada carcajada le atravesaba el estómago como un cuchillo. Ya bastaba. ¡Ya era suficiente! ¡Por qué demonios estaba llorando y riendo al mismo tiempo! Aquello era de locos. Si alguno de sus antepasados hubiera escrito su historia, la gente lo habría llamado loco, o perturbado. Ya no sabía ni lo que decía. ¡Era aquel puto dolor de cabeza! A ver si venían ya y lo dormían para siempre. Un momento, qué era aquel ruido. Una luz, se había encendido otra luz. ¡Una cama, al fondo de la habitación había una cama! Y parecía que había alguien durmiendo. No lo entendía. Aquello no era un quirófano, y él creía que los mantenían a todos aislados. Pero debajo de aquellas sábanas había un bulto, estaba casi seguro, aunque tampoco le extra-ñaría que se tratara de una alucinación suya. Bueno, qué hacía, ¿se levantaba e iba a ver? No se fiaba ni un pelo. Pero qué tonterías estaba pensando, ¿acaso le preocupaba lo que le pudiera pasar? A lo mejor tenía alguna oportu-nidad de escapar. Sí, lo llevaba claro. Ahora mismo lo estarían vigilando. Pero le daba igual. Se iba a acercar a la cama. Estaba decidido. Uf, las piernas le pesaban una barbaridad. Le habrían sedado o algo así. Tenía que ser eso, porque aquel dolor de cabeza no era normal. Bueno, ya estaba de pie. Le temblaba todo. No sabía si llegaría. Venga, que ya faltaba poco. Hostia, otra vez el mareo. Se caía; la pared, la pared, dónde estaba la pared, allí, ya la tenía, bien, ya estaba cerca, dos pasos más y alcanzaba el respaldo, cuidado, no se fuera a resbalar, ya lo tenía, sí, ya estaba. Vaya, la sábana se movía, respiraba, lo podía oír, débil pero respiraba. Venga, vamos allá. Una, dos y tres. ¡Dios mío! ¡No podía ser, no podía ser! Su Laurita estaba allí. ¡Qué significaba aquello! ¡Qué estarían tramando! Calma, tenía que calmarse y respirar hondo. Así. Otra vez. Joder, estaba temblando. Bien, debía recapacitar. ¿Por qué los iban a poner juntos en una misma habitación? Vale, ya lo tenía. Tenía que ser eso. Pues lo prefería así. En el fondo era una alegría, un alivio.

«Lo sabía, Laurita, sabía que no podrían doblegarnos. Que se jodan. ¡Me oís, jodeos y meteos el tratamiento por el culo, que no os ha funcionado! ¿No les había dicho que lo nuestro era demasiado fuerte? Que vamos a morir, pues sí; pero juntos. ¿Me oyes, Laurita?, he dicho juntos. Estás preciosa así, tan paliducha. Venga, cariño, despierta, que quiero verte los ojos. Tenemos algo de tiempo antes de que… Parece ser que nos han dado esa última oportunidad, fíjate tú qué amables. Eso, abre los ojos. Qué bonitos los tienes. Ven y abrázame; te necesito. ¿Qué haces? Pero ¿adónde vas? Que soy yo, mujer, no te asustes. Pero no te vayas. ¿Por qué me miras con esos ojos? Ya entiendo, estás aturdida; he sido un poco brusco al despertarte. Lo siento. Pero no pasa nada, cariño, yo voy a cuidar de ti. Ya te tengo, mi vida. Apriétame fuerte. ¿A que ya te sientes mejor? ¡Pero qué haces, Laura! ¡No te revuelvas! ¡Mierda, me has hecho daño! No te entiendo, cariño. Cómo que no te toque. ¿Estás enfadada por algo? Sabes que esto no es culpa mía. ¿Que quién me ha dado permiso para tocarte? Pero qué tonterías estás diciendo, ¿no ves que soy yo? Un momento… Ay, Laura, dime que no es lo que estoy pensando. ¡Dime que esto es una broma! ¡Mírame, mírame a los ojos y dime que no es verdad! ¡No grites! Pero por qué gritas, mi vida. Cómo voy a querer hacerte daño; soy yo, mi amor. ¿Que no me has visto en tu vida? ¡No puede ser, no puede ser! ¡Qué te han hecho, Laurita, cómo lo han hecho, cómo lo han conseguido! ¡Esto es terrible! ¡Ven aquí, ven ahora mismo y abrázame! ¡Tiene que haber alguna forma de que me recuerdes! ¡Ahhhhh! ¡Qué hacen! ¡No, no, no! ¡Suéltenme! ¡Tengo que hablar con ella! ¡Tiene que haber un error! ¡Ella me quiere más que a nadie en el mundo! ¡No pueden cambiar eso! ¡Adónde me llevan! ¡Me están haciendo daño, hijos de puta! ¡No quiero morir! ¡Ahora no, así no! ¡Ella se viene conmigo; pregúntenselo, ella quiere venir! ¡Laura, Laura, ¿tú también me has traicionado?!».

Muchedumbre

Dos

Caminan por una calle sobradamente conocida, cuyo monótono y repetitivo asfalto han pisado en innumerables ocasiones. Todo está en el mismo lugar de siempre, inalterable, como las piezas inmemoriales de un museo antiquísimo con un origen difuso e irrecuperable. Sonidos y aromas familiares. El leve canturreo de los pájaros de siempre sobre sus cabezas. El silencio rumoroso de siempre gobernando el espacio.

Mientras caminan parsimoniosamente, contagiados por la calma de este paisaje repetido hasta el hastío, J. sostiene entre sus rudos pero tiernos dedos la mano de L.; J. acaricia el anverso de esta mano cómplice con su pulgar, recorriendo sus venas y sus tendones con delectación; de cuando en cuando, asaltada por un escalofrío de ternura, la mano de J. aprieta con mesura la de L.; la mano de ésta, simplemente, se deja hacer. Ambos permanecen en silencio, conscientes de que, a lo largo de los días, deben dosificar las palabras para no desgastarlas.

Atraviesan un crujiente sembrado de hojas secas, dejan atrás un automóvil grisáceo aparcado sobre una alcantarilla que desprende un olor moderadamente desagradable y, antes de girar la esquina de la calle 42, J. besa durante un instante la comisura de los labios de L., que se deja hacer. Un par de minutos después, alcanzan la entrada del supermercado. Las puertas se abren automáticamente a su paso. Cuando sobrepasan el umbral de los detectores metalizados, sus manos se separan; la de L. se estira con alivio; la de J., en un acto reflejo infructuoso, intenta asir el aire. Cada uno se pertrecha con uno de los cestos de plástico que permanecen apilados en las cercanías del umbral que acaban de atravesar. El silencio es grato, aunque ya ha perdido todo su misterio. Entonces, como en todas las ocasiones desde el origen perdido, se separan, toman rutas distintas.

J. se adentra en la zona del pan de molde. Recorre el desahogado pasillo en ambas direcciones, mientras escruta las estanterías en busca de nuevos productos. Porque, ciertamente, de vez en cuando suelen aparecer nuevos e interesantes productos. Pero no ha habido suerte. De modo que, después de comprobar la fecha de caducidad (pura rutina, pues sabe que, inexplicablemente, jamás hay productos caducados en estas estanterías), tiene que conformarse con introducir en su cesto dos ejemplares de uno de sus productos favoritos: el que contiene una veintena de rebanadas aderezadas con pepitas de cereales. Sigue deambulando por los desérticos pasillos. Un par de botellas de vino. Tres cartones de zumo: de naranja, piña y frutas del bosque. Una docena de yogures. Seis cartones de leche semidesnatada. Dos kilos de azúcar. Tres paquetes de galletas integrales. Dos tabletas de chocolate. Y poca cosa más. J. podría haberse demorado durante mucho más tiempo en su placentera y gratuita tarea, pero le falta la cálida mano de L.

L., tras liberarse de la pegajosa mano de J., se dirige a la carnicería. Con el tiempo, ha aprendido a usar los utensilios y la maquinaria. Observa el interior de la nevera a través de sus cristales transparentes. Hay nuevas piezas de carne, y tienen muy buen aspecto. Corta, con un ancho y afilado cuchillo, varios filetes de ternera y otros tantos de pavo; deshuesa y trocea un pollo; y, por último, pica carne de ternera y, manipulando con gran pericia una máquina ovalada, genera varias hamburguesas que, posteriormente, envasa al vacío, como el resto de los productos cárnicos. Acto seguido, se desplaza hasta la pescadería. También se defiende bastante bien con el cuchillo de pescadero. No le ha quedado más remedio que aprender. En esta ocasión, se conforma con una cola de rape, un puñado de jureles, un par de doradas de ración que destripa allí mismo y medio kilo de mejillones. A continuación, hace una parada en la sección de embutidos. Su periplo termina en la frutería. Mientras escudriña el recipiente de los plátanos en busca de los más maduros escucha, como tantas otras veces, un sonido inquietante a sus espaldas. Parece el martilleo de unos pasos sobre el pavimento. Pero no se asemeja al conocido sonido de los pasos de J. El que ahora la asedia, apareciendo y desapareciendo macabramente, es muy diferente. De súbito, lo que parece un aliento cálido y nuevo le acaricia la nuca durante un breve instante. La fuerza de la presencia a sus espaldas le resulta tan evidente que, presa del pánico, suelta el racimo de plátanos que sostenía entre sus manos; éstos se estrellan contra el suelo. Se gira entonces bruscamente, conteniendo la respiración, aquejada de una súbita taquicardia. Pero, como tantas otras veces, se topa con el vacío, con el desolador silencio de esta ciudad deshumanizada. Respira profundamente, intentando recuperar la tranquilidad. Lo logra al cabo de un par de minutos.

Cuando L. termina de recolectar la fruta, se dirige a la entrada del supermercado, donde J., pertrechado con unas cuantas bolsas atiborradas de productos, ya la está esperando. J., sonriente, la ayuda a introducir los productos que ella ha recolectado en varias bolsas de plástico que cuelgan de uno de los laterales de uno de esos receptáculos que albergan una caja registradora, vacío como el resto. Finalizada la tarea, J. insiste en su gesto sonriente. Pero L. no le devuelve el gesto.

Tras intercambiar varias frases banales, abandonan el supermercado. J. carga con casi todas las bolsas, a pesar de que, con tanto peso, le cuesta un gran esfuerzo caminar a paso ligero. L. camina por detrás de él de forma grácil, con la mirada extraviada. A la mitad del recorrido, J. le hace a L. una pregunta relativamente importante. Pero ésta no contesta. Él insiste. Ella permanece en silencio. Entonces J., extrañado, detiene sus pasos y gira la cabeza. L. ha desaparecido. Mas no tarda en reencontrarla en la distancia, a unos cien metros de donde él está. Abandona las bolsas y corre, azorado, hacia L. Cuando la alcanza, la agarra suavemente por el brazo y le hace la pregunta pertinente (no la que le ha hecho hace un minuto al vacío). Ella, ausente, perdida su mirada en un conjunto de bancos de madera guarecidos por la sombra de un edificio que se yergue a lo lejos, no le contesta. J. la comprende. Y, por tanto, le acaricia la cabeza y, seguidamente, le besa la sien. Ella, impertérrita, se deja hacer. Entonces reanudan su camino hacia el hogar.

* * *

J. entra en la habitación a hurtadillas. Sin encender la luz eléctrica, deposita la bandeja sobre la mesita de noche. Débiles haces de luz natural, que penetran en la habitación a través de los intersticios de la persiana, dibujan algunos retazos del rostro de L. J. no puede evitar deleitarse durante varios minutos en la contemplación de estas porciones de rostro, en la reconstrucción de este puzle hierático. Pero acaba despertándola: con la suavidad de los dedos sobre la frente y las mejillas. Ella abre los ojos lentamente y, al contemplar a J., su rostro hace un gesto desabrido. Él le da los buenos días. Ella se los da a él.

L. no presta demasiada atención al copioso desayuno que J. le ha preparado. Se limita a apoyar los brazos sobre los bordes de la bandeja, meditabunda. J. la contempla, expectante.

Ella rompe su silencio. Ha vuelto a ver a un individuo. Esta vez lo ha visto con total claridad, mientras regresaban del supermercado. Estaba sentado en un banco, con las piernas cruzadas. Parecía un hombre. Se había levantado del banco y se había perdido tras una arboleda cuando ella ya se había decidido a ir a su encuentro, segundos antes de que J. la agarrara por el brazo. Él, cariñosamente, le dice que no puede ser, que ella sabe perfectamente que eso no puede ser, porque están inobjetablemente solos. L.

insiste: lo ha visto, esta vez con más nitidez que en otras ocasiones; es más, está convencida de que no se trata de la misma persona, de que, a lo largo de las últimas semanas, ha visto a personas diferentes; esta es la impresión que tiene. J. le contesta que su imaginación le está jugando una mala pasada; de lo contrario, él también habría visto lo mismo que ha visto ella; pero no es el caso; argumenta que algo que los sentidos de ambos no han podido corroborar no puede ser real. Ella, enfadada, le reprocha que nuevamente la esté tratando como si estuviera loca. Él la acomoda entre sus brazos y le acaricia uno de sus hombros desnudos. Seguidamente, le dice que no, que no piensa que se esté volviendo loca; simplemente, está desarrollando una fantasía que, si no es atajada a tiempo, puede llegar a resultar peligrosa. L. duda; y, al dudar, su rostro compone un gesto de desvalimiento y desesperanza. J. la comprende; y, por consiguiente, la abraza con fuerza. Ella apoya su barbilla sobre el hombro de él, los brazos caídos, la mirada exánime. J. le dice que siempre estará a su lado, que con eso es suficiente. Las comisuras de los ojos de L. dejan escapar un par de lágrimas e, inmediatamente, se contienen.

* * *

Por tercer día consecutivo, J. se despierta solo en su lecho. Este tercer abandono le confirma que L. ha iniciado un nuevo ritual. Se revuelve inquietamente en el lecho. En las dos ocasiones anteriores, ella había argüido que, para recuperar el buen ánimo, necesitaba pasear sola, necesitaba reflexionar mientras hacía algo de ejercicio; pero siempre había regresado apesadumbrada.

Esta vez, a las doce del mediodía, L. regresa eufórica. Tanto es así que J., apoyado en el mango de una escoba, no reconoce a su compañera entre tanto ademán enérgico y tanta palabrería alborozada. Ella lo abraza temblorosa y, acto seguido, le revela que ha estado hablando, durante un par de minutos, con una chiquilla que paseaba en una bicicleta alrededor del Parque Imperial; continúa hablándole, entusiasmada, sobre la información que ha recabado acerca de la chiquilla y de su familia. Finalizado el relato, L. le pregunta a J. si el suceso no le parece maravilloso. Éste no contesta, pues no sabe qué contestar. Finge un gesto de entusiasmo. Pero, en cuanto L. le da la espalda, su rostro se oscurece.

* * *

Apoyadas las manos sobre el firme colchón, J. besa suavemente, en este orden, las sienes, los pómulos y los labios de L., que, inmóvil, se deja hacer. La piel del rostro de L. está fría como una lámina de hielo. Pero él la besa obcecadamente, impulsado por el implacable calor que emana de sus entrañas de hombre entregado. L. se entretiene en observar el joyero que reposa sobre la cómoda mientras J. le recorre el cuello con sus delicados labios y le moldea los fríos pechos con furor comedido. J. se esmera, absorto en su quehacer; pero la piel de L. no se

211

estremece. Él, infatigable, ajeno a la imperturbabilidad de ella, le lubrica el pubis intonso, le besa los mullidos labios, le introduce la punta de la lengua en la vagina y explora sus paredes parsimoniosamente; a continuación, sus dedos relevan a su lengua, que se afana entonces en estimular el clítoris. Entretanto, los dedos de las manos de L. tamborilean sobre el colchón, siguiendo el ritmo de la canción preferida de L. De cuando en cuando, ella se percata de que su pelvis debería estremecerse, y entonces su pelvis se estremece. Poco antes de que L. alcance el orgasmo, J. se incorpora, afianza sus manos a las caderas de ella y la penetra con elegancia; los brazos de L. permanecen reposados sobre la sábana; los dedos de sus manos ya se han cansado de entonar la canción. J. mueve sus caderas con pericia, su rostro exultante erguido sobre el rostro hierático de ella. Él la mira a los ojos y descubre en las profundidades de sus pupilas una inmensa silueta de fuego. Ella lo mira a los ojos y descubre en las profundidades de sus pupilas un millar de minúsculas siluetas. Entonces sobreviene el último gemido. J. cae abatido sobre el cuerpo de L. Inmediatamente, él se enrosca en el cuerpo de su compañera con delicadeza, acariciándole la piel con la yema de los dedos. Ella, por su parte, extiende los brazos en cruz y separa las piernas mientras cuenta, en absoluto silencio, el número de cristales que decoran la lámpara de araña que pende del techo.

J. se ha propuesto espiar a L. durante sus paseos matutinos. No le queda más remedio que seguirla silenciosamente desde una distancia prudencial y espiarla. De modo que, por la noche, programa el despertador media hora antes de que, según su estimación, L. se despierte.

Como había previsto, cuando el timbre lo despierta el cuerpo de L. permanece a su lado, frío como un cadáver. Ella se mueve, emite un leve gemido y regresa a la inmovilidad y el silencio. Él se esfuerza en mantener los ojos abiertos, mientras estira los músculos de las piernas a la espera de que L. se despierte definitivamente y abandone el lecho.

J. se despierta sobresaltado. L. ya no le hace compañía. El lado de la cama que ocupaba su cuerpo está tan frío como suele estarlo el de ella.

* * *

Un sol radiante se cierne sobre el lago artificial del Parque Estigio. Los pájaros gobiernan el espacio con su piar sinfónico y sus sonoros aleteos. Una suave brisa eriza las aguas transparentes, que se ven salpicadas aquí y allá por el aleteo de peces naranjas que engullen un pedacito de pan de la superficie. En el amarradero, una veintena de pequeñas embarcaciones de remos se contonean sobre las aguas ondulantes, golpeando de vez en cuando el cemento.

J. bate los remos armoniosamente, dirigiendo la embarcación por un estrecho canal que tiene como techumbre una hermosa pérgola que ensombrece las aguas y, al mismo tiempo, el rostro de L. La embarcación rebasa el final del túnel y entonces, tras unos cuantos segundos de ceguera, J. vuelve a disfrutar del rostro distraído y mohíno de su compañera, que está barriendo los márgenes del río con movimientos lánguidos de su cuello. J. contempla embelesado las bellas facciones del rostro de L., del que le resulta imposible cansarse; contempla el sinuoso cuello de garza, la delicada clavícula, los hombros simétricos, los ingrávidos senos que se insinúan tras el suéter de tirantes, los brazos largos y tonificados, las manos tersas, los dedos esbeltos y ágiles, y la cintura de abeja, y las voluptuosas caderas, y las incólumes piernas, y los muslos graníticos que asoman por debajo de la minifalda, y los estrechos tobillos, y los pies de muñequita de porcelana. Ante tal espectáculo, J. esboza una sonrisa de felicidad.

J. detiene la embarcación en el centro de la zona más extensa del lago; suelta los remos y, acariciando una de las manos de L. –que yace sobre el borde de la barca–, la saca de su ensimismamiento. Ella introduce la mano acariciada en el agua y, a continuación, la sacude enérgicamente. Él, salpicado por las gotas que ha proyectado la mano de L., se agacha, abre su macuto y extrae, de su interior, un par de sándwiches vegetales, dos vasos de plástico, un cartón de zumo de naranja, dos plátanos y un puñado de servilletas de papel. Permanecen en silencio mientras ingieren los alimentos. Él se recrea en los movimientos de ella. Ella se recrea en el paisaje circundante. De repente L., la mirada fija en uno de los márgenes del río –una zona de senderos serpenteantes salpicada de árboles–, alza uno de sus brazos y lo agita sin pudor en señal de saludo; su rostro hierático se torna muy expresivo. El contoneo del brazo apenas se prolonga durante unos segundos; tiempo suficiente para que J. localice la zona exacta a la que se dirige el saludo y se cerciore de que allí solo hay árboles y senderos vacíos. J., el semblante entristecido, le pregunta a L. si el sándwich está sabroso. Ella le contesta, tras escupir un pedacito de lechuga, que es un maleducado.

*   *   *

De súbito L. se detiene; y J., para no ser descubierto, se esconde detrás de un buzón. Tras unos segundos de espera, J. asoma la cabeza: L. se ha detenido junto a un paso de cebra y, apoyada en un semáforo, simula mantener un diálogo de lo más ameno con el aire. Desde su posición, J. no puede escuchar el contenido del monólogo de su compañera. Tampoco necesita oírlo, pues la actitud corporal de L. es de lo más elocuente.

A lo largo del paseo matutino, J. es testigo de al menos una docena de gestos de saludo dirigidos por L. a destinatarios inexistentes. Comprende perfectamente la situación. Durante unos instantes, se ve invadido por el pánico.

Pero no tarda mucho en recuperar la compostura. Abandonada ya la persecución de su compañera, J. se sienta en un banco e inicia una profunda pero caótica reflexión. Finalmente, decide colmar a L. de todo tipo de cuidados.

* * *

J. se adentra en el lecho con la cadencia de un felino y acaricia los muslos de L. por debajo del camisón. L. se gira bruscamente, dándole la espalda, y le dice que le duele mucho la cabeza.

* * *

Por la mañana L. ha informado a J., con total naturalidad, de que ha aceptado la invitación de unos conocidos para cenar en su casa esta misma noche. Él le ha dicho que ya está bien, que esta es la gota que colma el vaso. Ella, como respuesta, lo ha invitado a acompañarla. Entonces él ha golpeado con furia la mesa, volcando un vaso de leche sobre la superficie, y, encolerizado, le ha dicho que están absolutamente solos, que no hay ni una puta persona en toda la ciudad y, probablemente, en todo el universo. Ella, impávida, le ha contestado que, si prefiere quedarse en casa, a ella no le importa.

Ahora J. está cenando solo en la mesa del salón por primera vez en no se sabe cuánto tiempo. Ella se ha marchado hace un par de horas como tenía previsto, enfundada en uno de sus mejores vestidos, embadurnado su rostro de maquillaje de primerísima calidad. J. no la ha visto tan hermosa desde hace mucho tiempo. Le habría encantado acompañarla si todo esto no fuera una ridícula pantomima. J. imagina que L. habrá escogido uno de los muchos pisos en los que, en su día, irrumpieron los dos tras forzar la cerradura de la puerta (probablemente, piensa, en aquel de la calle 64 que tanto le había gustado a ella y que finalmente desestimaron), y que ahora estaría cenando en el salón, sentada a una mesa cubierta por un mantel de encaje sobre la que descansarían varios platos repletos de alimentos, acompañados por sus cubiertos, servilletas y copas de vino; J. se la imagina exhibiendo sus exquisitos modales ante esos platos sin dueño. Entonces las lágrimas de J. se mezclan con la sopa que está tratando de ingerir desde hace una hora.

* * *

J. acaba de regresar de la librería de la calle 48 pertrechado de libros. Se ha tomado la molestia de seleccionar algunos que le han parecido apropiados para L., la cual, en lugar de acompañarlo como de costumbre, se ha quedado en casa preparando la comida.

Él se adentra en la cocina con la bolsa de libros en la mano. Se acerca por detrás a L., que está manipulando una sartén sobre la placa de vitrocerámica; al llegar a su altura, deja la bolsa en el suelo y la agarra por su perfecta cintura; después de besarle el cuello en varias ocasiones, le susurra al oído que le ha traído unos libros muy interesantes, en los que podrá conocer a personajes fascinantes. Ella, estirando el cuello, le contesta que no quiere leer más libros, que ya no los necesita.

* * *

J. se despierta a media mañana y, al incorporarse, comprueba que el lado de la cama de L. vuelve a estar vacío.

Este sería un día como otro cualquiera si L. regresara a casa al mediodía; si, como mucho, regresara al atardecer meditabunda y sonriente. Pero, llegada la noche, J. siente el vacío de la cama como un cuchillo que se retuerce en su pecho.

En cuanto amanece, J. inicia una búsqueda desesperada por la ciudad que, desafortunadamente para él, resulta infructuosa. Cuando la oscuridad de la noche se hace más intensa, J. vuelve a enfrentarse al terco vacío de su lecho.

Uno

J. ha invertido la mayoría de los minutos de la última semana en buscar a L. por todos los rincones de la ciudad. La ha buscado en las amplias y luminosas avenidas, en las estrechas y oscuras callejuelas, en los pequeños comercios y en los centros comerciales, en los parques y jardines, en el interior de los edificios y en sus azoteas, en centenares de viviendas cuyas puertas ha descerrajado, en las montañas…

En este momento, J. regresa a casa extenuado y afligido. El sudor desciende por su rostro desaliñado. Trata de secárselo con la palma de sus mugrientas manos. Tose en varias ocasiones. El picor que siente en la garganta es tan intenso, que las lágrimas irrumpen en su rostro desencajado y se mezclan con el sudor. Apenas puede sentir la existencia de sus piernas; y, cuando la siente, lo invade un tremendo dolor que, no obstante, nada tiene que ver con el otro dolor, inmisericorde.

En lugar de asearse, J. da prioridad a su cuaderno negro: desplaza su mirada por las primeras páginas analizando los mapas de diferentes zonas de la ciudad que, con la excepcional pericia que lo caracteriza, ha dibujado a lo largo de los últimos días; con un lápiz de gran precisión, realiza algunas anotaciones y traza algunas marcas que solo él puede entender.

J. deja el cuaderno sobre el sofá en el que está sentado. Seguidamente, hinca los codos en sus muslos y cubre su rostro con las palmas de sus manos. Permanece en esta postura alrededor de cinco minutos, transcurridos los cuales se levanta con calma, recorre el salón en varias ocasiones parsimoniosamente y, de súbito, comienza a golpear, con piernas y brazos, todo lo que se interpone en su camino, desencadenando un vendaval de violencia y destrucción a su paso. El arrebato es tan breve como intenso: J. cae al suelo, las manos y las piernas ensangrentadas, y prorrumpe en un estridente llanto acompañado de bruscos sollozos.

* * *

J. ha esparcido todas las fotografías en las que aparece L. sobre el escritorio de su despacho. Sin lugar a dudas, hay más de un centenar. En primer lugar, se dedica a separar las fotografías en las que aparecen los dos juntos de las que únicamente muestran la silueta o el rostro de L. Las primeras las guarda en una pequeña caja de cartón. Las segundas las va alineando sobre el escritorio creando filas horizontales. Durante las cuatro horas siguientes, se entretiene en observar, abstraído del mundo que lo rodea, cada una de estas fotografías y en cambiarlas continuamente de posición.

* * *

J. avanza lentamente por el pasillo principal de su domicilio, deslizando su mirada por las paredes revestidas, parcialmente, de las fotografías de L. A continuación, cruza el salón con la misma parsimonia y no deja de mirar ni un instante las fotografías que lo rodean y que le hablan a su paso como una colmena de diosas gemelas. Finalmente, entra en su despacho, acciona el interruptor de la luz y, mientras mira de reojo las fotografías circundantes, se acerca al caballete, al que, inmediatamente, desprovee del velo que lo cubre; entonces acaricia el lomo del lienzo como si de una cadera femenina se tratase, sonríe, se sienta en su taburete, prepara el instrumental, sostiene el pincel con sus dedos más diestros, respira profundamente, intensifica su sonrisa y continúa la virtuosa tarea de pintar el rostro y el cuerpo de L. donde la había dejado el día anterior.

* * *

J. pica al timbre que hay junto a la puerta. Espera una respuesta. Pero ésta no llega. Así que vuelve a picar al timbre, esta vez con mucha más insistencia que antes. Pero, transcurrido un periodo de tiempo razonable, J. no obtiene el mayor de sus deseos. Consecuentemente, perfora la cerradura de la puerta con una potente taladradora portátil y penetra en el domicilio. La oscuridad lo desanima, como tantas otras veces. Aun así, grita el nombre de su compañera una y otra vez. A medida que avanza, va accionando los interruptores de la luz. La busca en todos los rincones de la casa. Cuando se cerciora de que el piso está vacío, lo abandona y se enfrenta a la puerta de la vivienda adyacente.

* * *

Este que reposa sobre el caballete, cubierto por la tela blanca de siempre, es el tercer cuadro de L. que ha pintado J. La retrata de espaldas, en su cocina, apoyada contra la placa de vitrocerámica. El cuadro está esperando en la silenciosa oscuridad los últimos retoques de su habilidoso creador.

* * *

El tiempo se estira lentamente y la ciudad sigue su curso imperturbable.

* * *

J. se cierne sobre la ciudad como un dios todopoderoso que esgrime sus manos blancas. Extiende sus manos sobre la ciudad y, de una sola oleada, la borra de su universo.

222

Pinta el vacío de un blanco refulgente y sitúa sobre lo que no es más que un simulacro de centro un tálamo no menos blanco.

J. está ahora paseando alrededor del tálamo, a la espera de lo inevitable. El elegante martilleo llega pronto a sus oídos. Antes de girarse, deja que la intensidad de este sonido, rumoroso en primera instancia, aumente considerablemente. Y ahora ya se gira y contempla el espectáculo que sus manos están tejiendo desde lo alto: un caballo blanco de crines blancas que porta sobre su montura a la L. más hermosa que ha conocido se ha detenido a pocos metros del tálamo. J. ayuda a L. a bajar del caballo y, asiéndola por la mano, la conduce hasta el tálamo y se lo muestra desde todos los ángulos. (El rostro de L. irradia una felicidad que ni el más desconfiado de los observadores podría poner en entredicho). J. retira una de las cortinas que hasta ahora preservaban el interior del tálamo de la mirada y, acto seguido, invita a L. a entrar. Ésta obedece. Él la sigue y, cuando está acomodado en el interior, junto a la radiante L. que se ha sacado de la manga, cierra el tálamo con la intención de no volver a abrirlo.

Pero, súbitamente, el tálamo se abre porque ya no es un tálamo sino un lecho con un vacío infinito sobre el que J. se despierta sudoroso y aterrado, mientras una veintena de cuadros lo observan en la oscuridad desde las paredes y el techo.

* * *

J. está sentado en su taburete, frente al enésimo cuadro de L. Apenas cuenta ya con fuerzas para alzar el pincel y terminar de componer el rostro de una mujer que no es más que una desfiguración del original perdido y olvidado. Y no tiene fuerzas porque las lágrimas se derraman torrencialmente por su rostro como se derrama la pintura por el lienzo, arrastrando la identidad y emborronándola.

* * *

J. se ha subido al pretil de la azotea del edificio en el que vive o, mejor dicho, se desvive. Contempla el cielo y la baldía ciudad que ha construido día a día, apenas sin darse cuenta (de hecho, todavía no ha cobrado conciencia de ello). Acerca la punta de los pies hasta el borde del precipicio; y no duda en seguir avanzando y en sobrepasar dicho borde. La calzada, con sus coches aparcados, sus papeleras, sus semáforos y sus contenedores de basura, le atrae poderosamente. Siente su llamada incesante como una liberación. Se imagina, pues, la fusión entre su sangre y la calzada, la aniquilación de su mente reducida y perversa en un instante viscoso previo a la expansión. No le cabe la más mínima duda: va a dar su último salto.

* * *

Las cortinas de la ventana de la vivienda están descorridas, lo que permite a la luz del radiante sol de mediodía penetrar a bocajarro en el salón, iluminando con intensidad la mesa sobre la que está trabajando J., que sonríe bobaliconamente como si su vida no fuese una auténtica mierda.

La mesa está abarrotada de cartulinas enrolladas. J. está escribiendo sobre la única que permanece desplegada. El texto contiene un mensaje dirigido a L. con un tono melancólico y desesperado que contrasta con la confiada sonrisa del que lo está urdiendo en estos momentos.

Es evidente que las cartulinas se irán desplegando una tras otra para acoger todo tipo de textos dirigidos a la misma persona con idéntica finalidad: restablecer el pasado, ya demasiado difuso.

* * *

Después de un trabajo exhaustivo, J. ha repartido por la ciudad un centenar de cartulinas; las ha encolado a todo tipo de superficies planas y, a buena parte de ellas, ha adherido una de las fotografías en las que L. y él aparecen juntos y acaramelados.

Cuando J. regresa a casa cansado pero exultante, lo hace convencido de que, tarde o temprano, todo volverá a ser como antes, aunque el antes se haya desfigurado en un hiato imperceptible.

* * *

El tiempo se estira lentamente y transforma los recuerdos y disuelve las obsesiones y borra los orígenes, pero no altera el silencio de esta ciudad que huele a cuarto cerrado.

* * *

J. está arrastrando la escoba por el pasillo principal de su domicilio. Cuando acumula el último montículo de basura sobre el recogedor, le sobrevienen unas fugaces visiones encadenadas: paredes revestidas de fotografías, una montaña de fotografías descuartizadas y un contenedor que emite un estridente sonido de madera resquebrajada. Imágenes y sonidos aparecen y desaparecen como lo hace el relámpago en una noche cerrada. No son más que un efecto residual de lo que ya no existe. Así que, entregado a la rutina, J. abandona el pasillo y comienza a barrer el salón.

* * *

J. se despierta en mitad de la noche. Y se despierta convencido de que un sonido al que no está acostumbrado es el responsable de que se haya despertado. Apenas se ha incorporado sobre la cama, cuando escucha con claridad, procedente del exterior, un breve y turbio intercambio dialéctico entre varias voces. J. se levanta de la cama de un brinco, descorre las cortinas, abre la ventana y escruta la calzada en todas direcciones. Como era de esperar, no descubre entre las sombras a los propietarios de las voces que sin duda no ha imaginado sino escuchado. Aun así, su corazón entra en estado de taquicardia. J. baja en paños menores a la planta baja, sale por la puerta principal y, hecho un manojo de nervios, recorre las calles deshabitadas.

* * *

J. está observando –jadeante, sudoroso, excitadísimo– una estimulante fotografía que ocupa las dos páginas centrales de una revista pornográfica que descansa, prácticamente en equilibrio, sobre la superficie ligeramente ovalada del receptáculo que contiene el papel higiénico. Su imaginación proporciona relieve al impresionante coño que se abre ante sus ojos. Y, mientras tanto, su mano derecha no descansa. J., inmerso en el mundo casi real de la fotografía, retrasa el clímax en innumerables ocasiones hasta que, en un nuevo intento de postergar este momento de absoluta felicidad, fracasa y, consecuentemente, el esperma impacta violentamente contra las páginas de la revista y los azulejos y se derrama por sus muslos velludos y temblorosos.

*   *   *

J. se gira bruscamente. No hay nadie. No hay nadie pero alguien le ha vomitado su cálido aliento sobre la nuca. Es la tercera vez que ha sido asaltado por un aliento parecido desde que ha entrado en el supermercado. También ha escuchado pasos aquí y allá; pasos escurridizos.

Él está aterrorizado; mas no lo está porque es incapaz de aprehender las presencias invisibles que lo hostigan diariamente, sino porque sabe a ciencia cierta que se está volviendo loco. Sabe que la ciudad ha terminado inoculándole su veneno.

*   *   *

La música de Beethoven, Bach, Brahms, Debussy, Handel, Haydn, Mozart, Puccini, Schubert, Schumann, Strauss, Verdi, Vivaldi y Wagner ha ido saliendo armoniosamente de los altavoces del equipo musical de alta fidelidad que J. tiene instalado en el salón de su domicilio. El concierto aún no ha terminado y, por tanto, J. sigue arrellanado en el

sofá, procurando mantener la mente abierta a este balsámico torrente musical que debe expurgarla por completo.

* * *

J. camina por la calle 72. Se dirige a su librería preferida.
Desde hace algunas semanas, este majestuoso silencio
del que ahora disfruta le parece un auténtico privilegio.
Se lo parece porque, desde hace un tiempo, este silencio
sufre repentinas resquebrajaduras.

J. se detiene. Lo que ve casi al fondo de la calle, avanzando por la acera opuesta a la suya, ya no es una borrosa
silueta que se presenta y desaparece en un chasquido. De
ninguna manera. Se trata de una nitidísima y corpulen-
ta silueta masculina que avanza con paso firme y que,
sin lugar a dudas, puede ser apresada. J. cruza la calzada
apresuradamente y, cuando llega a la acera, comienza a
correr en dirección a la silueta, la cual le resulta, a medida
que acorta la distancia, cada vez más consistente. Cuando
J. está a punto de alcanzarla, a punto de descubrir el rostro
que convertiría a la silueta en hombre, la figura gira la
esquina y J., al girarla también unos segundos después,
se da de bruces con una amplia y luminosa calle que ha
engullido a la figura y no ha dejado en el aire ni siquiera
un residuo de su aroma.

* * *

J. está sentado en el suelo sobre una mullida alfombra negra. Sus dedos, situados a la altura del corazón, están entrelazados en la Cerradura del Oso. Inhala profundamente y, a continuación, eleva el codo izquierdo y, al unísono, baja el codo derecho. Finalizado el movimiento, exhala profundamente y, en esta ocasión, baja el codo izquierdo y, al mismo tiempo, eleva el derecho. Repite esta serie veintiséis veces, tras las cuales inhala, exhala y tira de la cerradura. Seguidamente, ejecuta el Sat Kriya: Sat, Nam, Sat, Nam en el interior de su mente durante tres minutos. Finalmente, inhala y aplica Mul Bhand, elevando la energía desde la base de la columna hasta el cráneo.

El libro ilustrado de yoga que consiguió en su librería preferida le ha resultado a J. de gran utilidad. Ahora se siente mejor consigo mismo. Ahora es capaz de controlar la ansiedad. Pero las presencias no han desaparecido. Todo lo contrario: ahora son más acuciantes que nunca.

* * *

Hoy hace un tiempo excepcional. Nadie diría que es un día del mes de febrero.

J. camina por la acera de la calle 64, mientras el sol le acaricia la nuca con una deleitosa suavidad. Mientras avanza, mantiene la mirada fija en las sucesivas baldosas del suelo (acostumbra a hacerlo cuando está absorto

230

en sus pensamientos). Como consecuencia de esto, ahora que gira la esquina está a punto de arrollar algo pequeño y veloz que, vulnerando las leyes de esta ciudad, se acaba de cruzar en su camino. J. no lo ha arrollado porque posee buenos reflejos y, por tanto, en cuanto ha percibido el destello plateado por el rabillo de su ojo derecho, se ha lanzado al suelo y ha rodado por su superficie como un combatiente experimentado.

Desde el suelo, J. contempla asombrado, estupefacto, escéptico, la contundente integridad de esta niña rubia de ojos marrones que tiene un pie apoyado sobre su patinete metálico y otro sobre la acera y que, mirándolo con cierto temor, le dice que lo siente. Él ni contesta ni se incorpora; está temblando. La niña, que desprende un calor de lo más real, le pregunta si se ha hecho daño. Entonces él reacciona y, compulsivamente, le pregunta que de dónde ha salido, que cómo se llama, que dónde vive. La niña, obviamente, se asusta, y, alegando que su madre le tiene prohibido hablar con extraños, impulsa con fuerza su patinete y se aleja de J. a toda velocidad hasta que los limitados ojos de éste la pierden en la distancia. J. se queda tirado en el suelo como si se le hubiese olvidado el modo en que respiran los mamíferos.

* * *

J. no puede conciliar el sueño. Una hora. Dos horas. Tres horas. A estas alturas, es evidente que no va a dormir en toda la noche: la niña de esta mañana era demasiado real.

* * *

Después de leer el libro, J. llega a la conclusión de que la esquizofrenia no puede producir entidades tan reales.

* * *

J. está sentado sobre el pretil de la azotea de su edificio, ejecutando con maestría los movimientos de yoga que ha practicado a lo largo de las últimas semanas.

Ya se ha acostumbrado a los murmullos, a las pisadas, a los alientos, a las figuras que, efímeramente, irrumpen en su realidad de vez en cuando. Sí, ya se ha acostumbrado a esta nueva forma de soledad. Por eso su rostro está tan sereno como el de un dios que se sabe libre e invulnerable.

* * *

J. sabe perfectamente que el hombre trajeado que permanece de pie junto al semáforo aprovechará cualesquiera de sus parpadeos para desaparecer sin dejar rastro. No obstante, decide acercarse a él. Y, contra todo pronóstico, logra llegar a su altura. El hombre, al ver a J., esboza una artificial sonrisa y, agitando una carpeta sobre la que hay dispuesto un folio impreso, le pregunta si puede hacerle una encuesta que, asegura, le ha encomendado un organismo de lo más prestigioso. J. decide seguirle la corriente a esta presencia hiperreal y dejar las preguntas pertinentes para más tarde.

La encuesta versa sobre relaciones sentimentales. A J. le sorprenden sobremanera sus propias respuestas a las preguntas del encuestador. De hecho, cada una de estas respuestas constituye para él una revelación. Finalizado el interrogatorio, el hombre trajeado le agradece verbalmente a J. su colaboración y, acto seguido, le extiende la mano. J. se queda mirando esta mano con ostensible turbación. Tras un instante dubitativo, se decide a apretarla. Y ahora la aprieta con firmeza y siente su rudeza y su calor como algo inobjetable. Sensaciones y sentimientos perdidos emergen de no se sabe dónde. Pero el hombre trajeado se desprende de la mano de J. y se despide de él. J. no puede articular palabra. Así que se gira y se aleja del hombre trajeado. Se detiene. Gira la cabeza. Pero el hombre ya se ha esfumado y no ha dejado en el aire ni un residuo de su aroma.

Muchedumbre

Como ha dormido de un tirón, J. se despierta rejuveneci-
do. Lo primero que escucha es un alboroto inédito tras los
cristales de la ventana, cubiertos por unas cortinas opacas.
Por descontado, el alboroto reclama su atención; es capaz
de percibir que el alboroto está constituido por muchos
elementos. Entonces lo asalta un poderoso presentimiento. De todos modos, decide postergar la resolución de la
incógnita y saborear estos momentos de indeterminación.

Así pues, J. entra en el cuarto de baño, orina, se desvis-
te, entra en la ducha –donde permanece durante media
hora bajo un balsámico chorro de agua caliente–, se seca
la cabeza y el cuerpo con una toalla limpia, se enfunda un
albornoz celeste, limpia los cristales de la mampara, se
aplica desodorante en las axilas y, finalmente, se afeita.
De nuevo en su habitación, hace la cama y, tras extraer
ropa limpia del armario, se viste.

En la cocina, J. se prepara un desayuno copioso que
degusta mientras la música de grandes compositores
suena de fondo. Cuando termina de comer, recoge los
restos del desayuno, guarda algunos recipientes en un
armario y otros en la nevera, friega los cubiertos y el vaso
y, por último, limpia la mesa de mármol con una bayeta
húmeda.

Después de lavarse los dientes, J. detiene la reproducción musical y extrae el disco compacto del lector del equipo de alta fidelidad. Entonces atraviesa el salón y se detiene frente a la puerta principal. Respira profundamente para controlar la ansiedad que le ha provocado el presentimiento que le ha sobrevenido poco después de despertarse. Introduce la llave en la cerradura y la desbloquea. Acciona el pomo de la puerta y la entreabre. Los sonidos y los olores llegan antes que las imágenes como una sobredosis de información: motores, neumáticos rechinando, murmullos, nicotina, gritos, gasolina, bisbiseos, pisadas, muchísimas pisadas, fricciones, pitidos, canturreos, cláxones, sirenas, metal, música, dióxido de carbono, manguera, llantos, café, ladridos, sobrasada, portazo.... Finalmente, la puerta se abre de par en par y las imágenes, absolutamente demoledoras, irrumpen en las retinas de J., que contempla fascinado el dinamismo de esta coreografía que la ciudad ha puesto en funcionamiento. J. extiende los brazos, como abarcando el espacio, inspira profundamente la nueva atmósfera, salta los tres escalones que dan acceso a la puerta de su domicilio y, libre, impoluto, pletórico de energía, se pierde en la muchedumbre.